共和国故事

经济骨干

——胜利油田开发与建设

郑明武　编写

吉林出版集团股份有限公司

图书在版编目（CIP）数据

经济骨干：胜利油田开发与建设/郑明武编. —
长春：吉林出版集团股份有限公司，2009.12

（共和国故事）

ISBN 978-7-5463-1889-9

Ⅰ.①经… Ⅱ.①郑… Ⅲ.①纪实文学－中国－当代 Ⅳ.①I25

中国版本图书馆 CIP 数据核字（2009）第 237789 号

经济骨干——胜利油田开发与建设

JINGJI GUGAN　　SHENGLI YOUTIAN KAIFA YU JIANSHE

编写　郑明武

责任编辑　祖航　李娇　关锡汉

出版发行　吉林出版集团股份有限公司

印刷　三河市嵩川印刷有限公司

版次　2010 年 1 月第 1 版　　2022 年 1 月第 9 次印刷

开本　710mm×1000mm　1/16　　印张　8　字数　69 千

书号　ISBN 978-7-5463-1889-9　　定价　29.80 元

社址　吉林省长春市福祉大路 5788 号

电话　0431－81629968

电子邮箱　tuzi8818@126.com

前　　言

自1949年10月1日中华人民共和国成立至今，新中国已走过了60年的风雨历程。历史是一面镜子，我们可以从多视角、多侧面对其进行解读。然而有一点是可以肯定的，那就是，半个多世纪以来，在中国共产党的领导下，中国的政治、经济、军事、外交、文化、教育、科技、社会、民生等领域，都发生了深刻的变化，中国人民站起来了，中华民族已屹立于世界民族之林。

60年是短暂的，但这60年带给中国的却是极不平凡的。60年的神州大地经历了沧桑巨变。从开国大典到60年国庆盛典，从经济战线上的三大战役到经济总量居世界第三位，从对农业、手工业、资本主义工商业的三大改造到社会主义市场经济体制的基本确立，从宜将剩勇追穷寇到建立了强大的国防军，从废除一切不平等条约到独立自主的和平外交政策，从“双百”方针到体制改革后的文化事业欣欣向荣，从扫除文盲到实施科教兴国战略建设新型国家，从翻身解放到实现小康社会，凡此种种，中国人民在每个领域无不留下发展的足迹，写就不朽的诗篇。

60年的时间在历史的长河中可谓沧海一粟。其间究竟发生了些什么，怎样发生的，过程怎样，结果如何，却非人人都清楚知道的。对此，亲身经历者或可鲜活如昨，但对后来者来说却可能只是一个概念，对某段历史的记忆影像或不存在，或是模糊的。基于此，为了让年轻人，特别是青少年永远铭记共和国这段不朽的历史，我们推出了这套《共和国故事》。

《共和国故事》虽为故事，但却与戏说无关，我们不过是想借助通俗、富于感染力的文字记录这段历史。在丛书的谋篇布局上，我们尽量选取各个时代具有代表性或深具普遍意义的若干事件加以叙述，使其能反映共和国发展的全景和脉络。为了使题目的设置不至于因大而空，我们着眼于每一重大历史事件的缘起、过程、结局、时间、地点、人物等，抓住点滴和些许小事，力求通透。

历史是复杂的，事态的发展因素也是多方面的。由于叙述者的视角、文化构成不同，对事件的认知或有不足，但这不会影响我们对整个历史事件的判断和思考，至于它能否清晰地表达出我们编辑这套书的本意，那只能交给读者去评判了。

这套丛书可谓是一部书写红色记忆的读物，它对于了解共和国的历史、中国共产党的英明领导和中国人民的伟大实践都是不可或缺的。同时，这套丛书又是一套普及性读物，既针对重点阅读人群，也适宜在全民中推广。相信它必将在我国开展的全民阅读活动中发挥大的作用，成为装备中小学图书馆、农家书屋、社区书屋、机关及企事业单位职工图书室、连队图书室等的重点选择对象。

编　者

2010 年 1 月

目录

一、艰苦勘探

二、开展会战

三、辉煌成就

目录

一、 艰苦勘探

●李人俊刷地一指台下冶金部的代表，大声地说："你们冶金部产一吨钢，我们石油部坚决产一吨油……"

●地质勘探队员仍然一如既往、日复一日地找啊，跑啊！他们踏遍了勘探区的条条沟、道道梁，采集到了大量的标本资料，为指导钻探起了积极作用。

●联合调查组的 4 个人风趣地说："地下的油没找到，脸上的油倒先冒出来了。"

打响石油勘探之战

1956年11月10日，八届二中全会在中南海怀仁堂隆重举行。

出席这次会议的有中央委员84人，中央候补委员65人，列席147人。

全会主要讨论国际局势问题和1957年度国民经济计划的安排问题，以做好第一个五年计划同第二个五年计划的衔接工作。

新成立的石油部几个领导也参加了此次会议。

此时，在大会主席台上，坐着毛泽东、刘少奇、周恩来、朱德、陈云、邓小平……他们笑容满面地看着台下1360多名代表和列席代表。

冶金工业部代表的发言把会议推向了高潮。他宣布，当年的钢产量坚决达到850万吨！

按照会议程序，下一位发言的是石油工业部的代表。

石油部副部长李人俊登上主席台。突然，他大声地喊道：

我们打擂！我们和你们冶金部打擂！

李人俊刷地一指台下冶金部的代表，大声地说：

你们冶金部产一吨钢，我们石油部坚决产一吨油……

会场顿时响起了一片掌声，当然还有与会同志的质疑声。

会场终于平静了下来，李人俊拿起讲台上的发言稿，正要讲话，一个湖南口音突然出现："你们行吗?"

毛泽东笑容可掬地望着李人俊。

李人俊一怔，余秋里也一怔。

"行……"李人俊大声地喊道。

毛泽东鼓掌了，台上台下再一次响起了雷鸣般的掌声，而且这次掌声比上一次更大。

原来，新中国成立初期，我国经济十分落后，百业待举，加上帝国主义卡脖子、搞封锁，石油供应极为紧张，城市里跑的公共汽车不得已都背上了大煤气包。

看到这种状况，石油地质战线上的工作人员心里特别难受，恨不得两手扒出油来。

那时，石油战线上的同志只有一个信念：艰难困苦无所惧，一定要把油找出来。

然而，华北平原这么大，到哪里去找油呢？这可真是大海捞针。

当时，一些外国专家断定"华北无油"。长期以来，帝国主义极力散布"中国贫油"论调。他们的"权威"

们曾主观断言，只有在海相沉积层中才能找到石油，中国大部分地区是陆相沉积层，“几乎无石油蕴藏的可能”。而中国国内也有那么一些人，人云亦云，胡说什么在渤海湾地区开发石油“是最没有前途的”。

就这样，“中国贫油论”的精神枷锁禁锢了人们的头脑，严重地阻碍了中国石油工业的发展。

我国著名地质学家李四光、谢家荣等教授不信邪，通过精心研究，都认为华北平原可能有油。

为了弄清事实真相，1955 年国家决定对燕山以南、太行山以东、大别山以北、渤海以西，面积约 40 万平方公里的华北地区，开展一次区域性的大规模的石油普查工作。

随着一五计划的逐渐完成，中国大规模的经济建设已经陆续展开，工业战线对作为工业血液的石油需求量大增。

而此时，除去玉门油田能采出一些石油外，其他地方基本没有石油采出。戴在中国头上多年的“贫油国”的帽子还没有被摘掉。石油的缺乏已经严重制约了中国的经济建设发展。

1955 年 7 月，为了推动石油工业发展的步伐，中央成立了石油部。原人民解放军总后勤学院院长李聚奎将军，被任命为第一任部长。

后来由彭德怀推荐，毛泽东、周恩来决定让号称“独臂将军”的余秋里担任石油部长。

石油部成立后，任务并不轻松，在全国进行石油勘探是此时的主要工作。

根据地质部李四光部长1954年关于“从大地构造看我国石油资源的勘探”的论述，华北油气前景是很有希望的，如果石油部华北石油勘探处与地质部华北各省地质厅、局协同作战，密切配合，一定可以加快找油步伐，那么就能收到事半功倍的效果。

因此，20世纪50年代末，在各个石油探区当中，华北地区勘探形势最好。

这个地区的区域地质工作是从1955年开始的。这年的年初，地质部和燃料工业部石油管理总局分别作出决定，要在华北平原开展石油普查工作，进行大规模的找油工作。

当年，地质部组成华北石油普查大队，在华北平原上开展综合石油勘探。

1956年，石油部西安地质调查处成立了华北平原综合研究组，到山东工作；下半年组成华北石油钻探大队，首先展开了山西沁水盆地、大别山地区的石油地质普查工作。

从此，地质部和石油部并肩战斗，在华北平原上先后进行了重力、磁力的区域普查工作和部分地区的电法、地震大剖面和地震面积详查，重点对局部构造的基准井进行钻探。

1956年，由中国科学院、石油部、地质部3个部门组成的石油地质委员会，选定在河北省沧县至南宫明化镇隆起构造上，钻探华北平原第一口基准井即华1井。经石油部批准，华北石油钻探大队32104钻井队担任这口井的钻探任务。然而，后来该井完钻时，却未能发现油气。

勘探工作的不顺利，并没有使余秋里感到沮丧，军人出身的他依然具有必胜的信念，他对新中国的石油工业仍然充满希望。

在党的八届二中全会前夕，有一次，余秋里和他的石油部的同志们在秦老胡同聊天，当时冶金部长王鹤寿在场。

闲谈中，王鹤寿谈及冶金部的钢铁生产形势和计划时，很是兴奋。

余秋里不服气，他立即提出“你们冶金部产出一吨钢，我们石油部就采出一吨油”。

王鹤寿听了简直觉得好笑。因为当时钢铁产量已达530多万吨，而石油仅140多万吨，还不到钢铁产量的三分之一。

在党的八届二中全会上，石油部副部长李人俊提出了余秋里的这个追赶钢铁的口号后，石油部面临的压力就更大了。

1958年12月18日，深冬的济南十分寒冷，济南的大街小巷里行人开始少了起来，市民已经开始在屋里避寒了。

这一天，晋、冀、鲁、豫 4 省石油勘探协作会在济南市山东宾馆召开了。

这次会议由石油部华北石油勘探处主持，地质部石油司司长梁小平，苏联专家潘捷列耶夫及关士聪总工程师，山西省地质厅厅长杨成江，山东省地质局局长沈鹰、副局长戚涛，河北省地质局局长和各省局石油普查大队的地质师、工程师以及华北石油勘探处的科、队长以上干部及技术干部都参加了会议。

经过多方激烈讨论，大家出谋划策，会议终于达成了《华北石油勘探协作协议书（草案）》，为加强石油勘探协作拉开了序幕。

于是，一场石油勘探之战打响了！

获得正确勘探方向

1957年，由于华1井钻探没有发现油气，导致战略上从“找隆起”转移到“打坳陷”的新阶段。

为此，石油部华北石油勘探处，把勘探力量集中在山东临清和河南开封两大坳陷内。

1958年5月，32104钻井队在临清坳陷馆陶构造上，打了华3井。

1958年8月，32120钻井队在开封坳陷南坡打了华2井，这两口井均未见到油气。

于是32120队搬到太康隆起北沿，打了华5井，32104队搬到山东临清坳陷的北堂邑构造上打了华4井，这两口井亦未见油气显示。

1960年3月，32104队搬到南堂邑构造上打了华6井，也未见到油气。

以上6口井虽均未见到油气，但通过勘探实践取得了资料，开阔了眼界，对地质结构有了新的认识：

> 一是盆地内划分出博野、临清、开封、济阳、黄骅5个坳陷和内黄、沧县两个隆起带；二是明确了华北平原并不是一个统一的中新生代沉积盆地，每个坳陷带都有自己不同的地质

经历，必须区别对待，选择有利地区打井；三是在济阳、黄骅坳陷的一些浅井800米井段上见有石油、天然气显示，推断其与深部油气藏有关，并结合新的物探资料分析，否定了“济黄火山活动带”的存在，重新评价了沿渤海地区的找油前景。

在此期间，为了更多地搜集地质资料，配合钻探打井，上级决定开展野外地质调查工作。

1957年，野外地质调查挺进大别山，进行野外地质调查工作。

在当时，地质勘探队员的勘探工作非常辛苦，在搞野外调查时，勘探队员们腰上别着钉锤，背包里背着罗盘、皮尺，夜以继日地爬山越岭，敲石采样，包里总是装着沉甸甸的石头。山里人称地质勘探队员是“要饭花子”。

后来熟悉了，山里人对地质勘探队员说：“你们乍看像毛子（强盗），实际是傻子。”

不管别人怎么说，地质勘探队员仍然一如既往、日复一日地找啊，跑啊。他们踏遍了勘探区的条条沟、道道梁，采集到了大量的标本资料，为指导钻探起了积极作用。

此时，就在地质勘探队员进行野外调查的时候，东部渤海海面发现了漂浮油苗。

对其来源，众说不一，难以确认。

为了弄清其来源，1958 年华北普查队和华东勘探处抽调 4 人，组成油苗联合调查小组。

联合调查组从大连出发，沿着海滩，徒步行进，一个一个地方进行调查。

当时正值隆冬，寒风刺骨，白雪皑皑，4 个人的手上、脚上都起了冻疮，脚上的裂口流着血，疼得简直连路都不敢走，但大家还是坚持着不断寻找。

他们偶尔发现了油块，地质勘探队员们用冻僵的双手反复几次才能采集起来。

地质勘探队员走到荒凉的地方，经常是风餐露宿。到胶东半岛时，已是炎热的夏季，跑一天一个个像水里捞出来的似的。

半年时间，联合调查组的 4 个人都变得又黑又瘦，可他们毫无怨言，还风趣地说："地下的油没找到，脸上的油倒先冒出来了。"

在调查过程中，有一次，他们在烟台坐海军的船出海，越往里风浪越大，4 名同志都晕船，呕吐得直不起腰来，通讯联络用的报话机也操作不了了，与陆上失去联络 9 个多小时，基地的同志以为他们发生了意外，还开动雷达进行搜索，闹了一场误会。

后来，他们经过 1000 多公里的沿海奔波，终于弄清了海上油苗的真相，证实油苗来自渤海湾本身，推测油苗是地下断层在运移过程中浮至海面的。

接着，32120 井队迁到山东济阳坳陷沙河街构造上打了华 7 井，即基准井。

同年，地质部新组建的第一石油普查大队下属山东井队，在德州用新到的罗马钻机，在林樊家构造上打了惠深 1 井。

这两口井都在下第三系钻遇新地层组。这组地层含有大量古生物化石，有机质丰富，暗色泥岩有机质含量达 1.836%，是良好的生油层和储油层，这就证实了济阳坳陷不但不是“火山岩发育区”，而且是具有优越成油条件的沉积区，拥有良好的找油前景。

至此，经过三年多的艰苦努力和大胆实践，联合调查小组经从华 1 井到华 7 井，从野外勘探到海上调查，取得了大量资料，开阔了眼界，理顺了思路，对地下的情况有了更深刻的认识，这为正确勘探提供了明确的方向。

钻井队千里奔赴东营

1960年10月，金秋的天津，凉爽宜人。

就在这个收获的季节，华北石油普查勘探会议在天津召开。

在此次会议上，与会同志认真分析了四年来的勘探情况，经过大家讨论，会议最后作出决定：

打华北第8号探井

并指定由32120队担任钻探任务。

当时32120队还在忙着打华7井，得知这一消息后，全队职工群情激昂。

因为从1956年开始华北勘探，经过三年多时间，32120和32104两个井队南征北战，已经打了7口探井，可就是没见到油。

勘探队员心里都在想：华北平原40多万平方公里的地下到底有没有油？外国专家说没有，而我国专家李四光等人都说有。勘探队员当然还是相信自己的专家。可为什么打不出油来？勘探队员心里都很着急，感到责任重大。

发现油田的突破口在哪里呢？地质工作者通过几年

的“跟踪追击”，选准了东营这个地方，现在就看32120队打井的结果了！

1960年10月底，32120队接到任务后，队长李仲田和技术员一同前往东营看井位。

那时的东营还只是广饶县辛店公社的一个小村庄。

32120队全队职工没有一个人听说过这个地方，甚至在地图上也没有找到。

从商河到东营200公里的路程，大多是坑坑洼洼的土路，李仲田等人跑了八九个小时才赶到北镇，后又顺黄河大堤到民丰渡口过黄河。

找到辛店公社时，天已经黑了。

在一间四面透风的小屋里，公社的李秘书接待了李仲田等人。

听说李仲田等人一天没有吃饭，李秘书就安排做饭给李仲田等人吃。

过了一会儿，饭菜端上来了，一人两个高粱面窝窝头、一碗白菜汤。窝窝头硬邦邦的，汤又苦又涩。

李秘书连说很“抱歉”，可李仲田等人已经很满足了，一会儿就狼吞虎咽地吃了个精光。

第二天一早，李仲田等人驱车到了东营。

展现在李仲田等人面前的景象令人吃惊，一大片小土房坐落在这荒碱滩上，周围既没有树，也没有水，更看不到一块庄稼地，只有一片片的碱地，一片片枯黄的芦苇荡和黄蓿菜。

此时还是金秋的10月，但是，这里却像是进入了隆冬。六七级的大风迎面吹来，尘土飞扬，身上立刻感到了寒冷。

当时，李仲田怎么也不明白，当地人怎能在这种环境下生活，他们的日子该有多苦啊！

过了东营村，向东约3公里，在一片荒碱滩上，李仲田等人找到了华8井的井位。

不久，华7井打完后，32120队开始整体向华8井搬迁。为了帮助32120队迅速搬迁，好尽早投入勘探工作，有关部门还专门组织了运输队帮助32120队完成搬迁。

1960年11月初的一个晚上，秋风阵阵，负责32120队搬迁任务的运输队召开了搬迁动员会议。

会议的主要内容是进行战前动员，以便顺利地将32120钻井队从商河县华7井井场搬运到广饶县东营村附近的华8井井场。

在会上，队长动员说：

目前我国处于经济困难时期，石油供应紧张。因缺油很多汽车停驶，不少工厂停产，农村一些机器在“睡大觉”，群众晚上都不能点灯。面对国家的这些困难，我们石油工人能不着急吗？据石油专家研究，东营地下可能有石油。现在石油部已经要求华北石油勘探处迅速把32120钻井队搬迁到黄河以南的广饶东营地区打华8井，这一搬迁任务就由我们来完成。这次搬迁路程远、路况差，还有一段根本无路的荒草滩。我们要去的地方人烟稀少，吃饭、住宿都很困难。我们要求全队司机都带上铁锹、麻绳、撬杠等物品，做好吃苦准备。尤其是党团员，在困难面前要起到模范带头作用。处机关干部为支援这次搬迁工作，已经把本月供应的每人几个白面馒头节省下来、让给我们路上吃。希望大家安全快速地完成这次搬迁任务……

第二天，天还没大亮，运输队队员便迎着秋风，直奔车场，驾车驰向华7井。

那时，井队每搬一次家，都十分困难。因为没有现代化的机械设备，车既少又小，大件得两部吊车吊装。

在当时，运输队仅有3部载重10吨的“太脱拉”，是唱“红娘”的运大件，其余的都是载重4吨的“解放”卡车。

因此，一次搬不完，得跑好几趟。

装车时，运输队员尽量合理搭配，做到既多装，又保证行车安全。

装满后，运输队队员开始了第一趟行程。

当汽车驶到小清河边时，运输队员都愣住了，小清河上是座木桥，最大承受力是绝对不可能超过8吨的。

怎么办？一些超重汽车只得返回道旭渡口，沿着黄河南大堤走。但是，黄河大堤上坑坑洼洼很难行驶，汽车还没有毛驴走得快，车上装的大型设备被颠得东倒西歪的。

当车驶到西双河镇时，运输队员原准备下大堤直奔东营。

但一打听，还得过一条河，桥窄小通不过，运输队队员只好沿大堤继续缓慢前进。

当驶到民丰时，那里的男女老少没见过汽车，都跑过来围着汽车这摸摸那瞧瞧，问这问那。当他们知道运输队员是来开采石油时，都非常高兴。一位老社员还主动为运输队员指引去东营村的道路。

行驶途中，当车队经过烂泥滩时，一辆运大件的汽车陷了进去，怎么也开不出来了。

经过 10 多个小时的行驶，大家又渴又累，肚子饿得咕咕地叫，而陷进去的车是越陷越深，车队简直无法继续前进。

老司机任希富，小青年马洪春、常彦吉等同志用铁锨挖，其他人拔野草往车轮底下垫，过路的社员也前来帮忙，终于将车开了出来。

但走了不远车又陷了进去，运输队队员就再挖再垫。在距东营六七公里的地方，一辆运钻杆的汽车陷入了泥中，运输队的队员们忙了半个多小时，但车子仍不能动。

于是运输队队员只好卸下部分钻杆，等车开出来后，再用人拉肩扛的方式把卸下来的钻杆艰难地装上车。

就这样，运输队走走停停、停停走走，直到深夜才到华 8 井井场。

井队的同志们看到钻机设备运来了都非常高兴，把仅有的一点点面粉拿出来，做了一顿面条犒劳运输队员。

饭后，运输队员开着车又连夜返回华 7 井井场去装设备。

在搬运途中，运输队员连续五天五夜都吃住在驾驶室里。实在太累了，就停在路边趴在方向盘上打个盹再走。

经过几十个日日夜夜的连续奋战，运输队终于将 32120 钻井队所有的设备搬运完毕，保证了华 8 井早日开钻。

就这样，32120 全队人马和他们的设备来到了华 8 井。

那时，正是三年自然灾害的第二年，全国人民生活都很困难，而华 8 井所在的东营尤其困难。

老百姓住的都是土房子，又矮又潮。吃的是野菜、草籽面。

一下子来了那么多人，住房成了问题。

于是，32120 队员们只能住老百姓的牛棚、猪圈、羊圈，有的人就和猪、牛、羊睡在一个棚子里。冷风顺着墙缝呼呼地吹进来，冻得浑身冰凉。

下雨天，一会儿这里漏雨，一会儿那里漏雨，挪个地方，还是漏雨，整晚上都睡不好觉。

吃饭更是个问题。当时每人每月定量15公斤，而且供给的都是代食品、地瓜干、高粱面和棉籽面。

在这种情况下，每个队员每月还要省出1.5公斤粮食救济老百姓。

当时队员的勘探工作非常辛苦，为了补充体力，32120队还从每个班抽出两人专门去挖野菜、找草籽，和谷糠、谷皮混在一起当饭吃。

由于条件艰苦，勘探队员喝的是东营村边土坑里的积水。牛粪、猪粪、羊粪都漂在上面，打回来澄澄再喝。

据队长李仲田后来回忆：

> 1960年的冬天，是我记忆中最冷的冬天。环境之苦，生活之困难，条件之差，都是我们以前没有遇到过的。然而，就是在这样艰难困苦的条件下，全队职工没有一个后退的，大家迎着困难上，咬着牙干，表现出了高度的自觉性和组织纪律性，体现了高度的主人翁责任感。

后来，了解到勘探队员的困难后，华8井所在的山东省、惠民地区和广饶县粮食局的领导来到了井场。

为了真实考察情况，视察的干部两个人抬抬勘探队的吊卡，抬不动；搬了搬钻头，也是搬不动；又到泥浆泵房看了看，两个扳手都是用7.62厘米的钢管，一根两三米长，也很重。

看过后，视察的干部感动了，他们觉得石油工人都是铁汉子，当场就决定给250公斤麸子。

很快，32120队的队员们开始在华8井进行艰苦的勘探工作。

艰苦奋战进行钻探

1960年11月初，32120队开始了在华8井的正式工作。

当时，32120队的首要工作是立井架，在当时，井架要陆续运到，但是工作不能等啊！

于是，32120队队员边拆、边运、边立。

一部井架，45米高，40块大角铁，每块200多公斤，都是靠人拉肩扛搬上去、立起来的。

开始，32120队只过来20多个人，井架底座要放在基础上，队员们只好一齐上，挪一挪，拖一拖，好不容易才给放上去。

上边的角铁都是靠手摇绞车拉上去的。当时饭吃不饱，绞车也摇不动。于是，小件就4个人一起摇，大件至少要6至8人一起摇，有的工人摇着摇着就晕倒了。

有一天，一辆拉着胡萝卜的毛驴车从井场经过，大家两眼瞪得大大的，很多队员便让队长李仲田上前要几个填填肚子。

看见大家又累又饿，李仲田就硬着头皮上去拦住了老大爷的毛驴车。

老大爷看见工人们饿得干不了活儿，也很心疼，一下子扒下了一小堆，送给队员们。

大家接过来，在身上擦了擦就吃下去了，然后接着干。

由于吃不好，睡不好，活儿又重，不少人病倒了，队长李仲田还得了痢疾，10 多天才好。

尽管这样，32120 队队员们谁也不说自己病了，每天都坚持上班。

就在这时，指导员捎信来，说队长李仲田的爱人在商河生了一个女孩，让李仲田回去看看。

前两次李仲田妻子坐月子时，李仲田没能照顾上，这次真想回去，可井上实在离不开。

过了 20 多天后，工作有了头绪，李仲田才搭车回到了商河。

回到家后，李仲田人虽在家里，但心里一直惦记着井上的工作。

最后，李仲田心一横：干脆让妻子和孩子与他一起东征吧。

于是，李仲田到华 7 井找到指导员，和他一起研究了一下工作。第三天，李仲田就带着爱人和孩子返回了东营。

回到华 8 井之后，李仲田把妻子、孩子稍做安排，又立即投入到紧张的工作中。

经过三个月连续作战，一个 45 米高的大井架在黄河三角洲的荒原上顶天立地地耸立起来了。

井架立起来了，钻机也搬来了，队伍也都到齐了，可是仍然开不了钻，因为没有水。

开始时，李仲田等人从水渠引水，顺着华 8 井旁边的排水沟把水引过来。但是，由于地下干涸，水都渗到地里去了。

这时，已经是腊月底，万事俱备，只欠水源。怎么办？只有一个办法，就是打水井。

此时，天寒地冻，表层土都冻结了，下层是松软的泥沙，挖井谈何容易！

于是，李仲田等人开了一个“诸葛亮会”。

在会上，大家想了一个办法，就是先预制一个井盘，挖的时候，井口由 5 米、4 米到 3 米，分 3 个台阶往下挖。

于是，挖井工作展开了，很快工人们就砌好了井筒，绑好了三脚架。

腊月二十九晚上，为了抢在春节前把准备工作做好，保证一过节就能开钻，队长李仲田和指导员把全队职工召集到一起，动员大家大干年三十，过一个革命化的春节。

在动员会上，李仲田布置了任务，把全队分成两个班，每班挖一口井，互相竞赛，看哪个班挖得快，挖得好。

安排完后，李仲田就让大家先回去休息。

可第二天一早，当李仲田和指导员到井场一看，两口井已经挖得很深了。

原来，任务布置后，大家都没有好好休息。两个班都想争先，二班司钻肖庭喜带一个班，当晚零时多就悄悄地来到井场干上了。

一班司钻卢喜善带领全班，第二天天没亮也来到了井场。他们看到人家已经干了起来，觉得自己落后了，把棉衣一甩，抡起镐就干了起来。

那时正是数九寒天，井场上温度降到零下 10 度，西北风吼叫着，身上冰凉冰凉的，地像钢板一样硬，铁镐使劲抡下去，震得手臂酸痛酸痛的。

为了早日挖好井，很多工人三天三夜没休息，最后大家累得支撑不住，有的职工往墙边一靠就睡过去了。

队长和指导员看到这种情况，非常心疼，就强行把职工拉回来休息，几个队干部还轮流值班，监督大家睡觉。就是这样，还是有人偷偷地从后窗口跳出去，到井上干活。

这一年春节，全队没有一个职工要求回家过年。

大年初四开钻那一天，没有一个职工在宿舍里休息，都跑到井上，没有活儿也要找点活儿干。

挖好了第一、二层后，在挖第三层时，把预制好的井盘放下去，用砖头砌起来，在井边上竖起三脚架，用滑轮把人吊进去，人在里边挖，井筒随挖随下。

挖着挖着，水出来了，人就站在水里挖，水冰冷刺骨，腿脚一会儿就冻麻木了。

泥沙混着水，装进帆布兜往上拉，水哗哗地往下流，一不小心就灌到脖子里。

面对这么大的困难，工人们毫无怨言，都争先恐后地抢着干。

队长和指导员每人把着一口井，让大家5分钟一换，轮流下井。

每次换人时，井下的工人硬是催不上来，都说："刚下来，不用换，再挖一会儿吧!"

就这样，经过几天的紧张战斗，两个直径3米、深6米多的大水井挖成了，日供水达120立方米，有效地保证了打井用水。

1961年2月26日，农历正月十二，华8井终于开钻了。

这天一大早，32120队全队职工就列队井场，指导员作了开钻动员。

动员会后，顿时，钻机的隆隆轰鸣震醒了茫茫原野，冷寂的黄河三角洲第一次有了生气。

周围的小青年跑来了，小学生跑来了，有些妇女和老年人也来了。他们和32120队的队员们一样为华8井的开钻而欢呼。

开始钻进时，钻台4个班分成两个班，12个小时轮流干。

队长和指导员一直守在井场。三四小时后，麻烦出现了，由于快速钻进，泥浆循环急，加上天太冷，返上来的泥浆都成堆成块，堵塞了泥浆槽。泥浆不能正常循环，钻井就没法正常进行。

这时，共产党员、钻工孙延祥第一个站了出来，他上去用两只手在泥浆槽里扒起了泥浆。不一会儿，孙延祥的双手冻得由红变白。

尽管这样，仍然解决不了问题。于是，孙延祥干脆趴在泥浆槽里，一边用手扒，一边用脚蹬。

在孙延祥的带动下，刘安居、孙喜乐、梁庆燕等几个同志一拥而上，都用手扒了起来，一个个冻得浑身直打哆嗦，但他们还是咬着牙坚持干。

大家的奋战，保证了钻机一刻不停地钻进。

从这以后，华 8 井的钻进比较顺利，没有发生任何事故和意外。

当时，大家都一心扑在打井上，许多职工几天几夜没离开自己的岗位，困了找个地方迷糊一会儿，然后接着干，队长和指导员赶都赶不走。

在快速钻进阶段，司炉工王春祥为了保证为设备供气取暖，大班司机陈福兴为了保证 5 台柴油机、两台压风机正常运转，机械工长周永祥为了保证泥浆泵不出问题，都是三天三夜没有离开自己的岗位。

正是 32120 队这种艰苦奋斗的精神，使华 8 井钻井非常顺利，这大大加快了华 8 井出油的步伐。

发挥政治工作的威力

1960年秋天，32120队来到这个山东有名的“北大荒”。

当时，正值我国三年自然灾害时期，这里几乎没有一条成形的公路，没有一处像样的住房，到处是一望无际的盐碱地。

由于当时的客观条件，生活上的困难和打井过程中遇到的麻烦是难以想象的。

在这极端困难的条件下，为了保证32120队100多号人的队伍，做到军心不散、情绪不乱、一呼百应，一门心思地打井找油，就必须要发挥党的思想政治工作优势，显示威力。

作为队指导员的魏振家首先意识到，一个队伍不能没有士气，特别是在艰苦的环境条件下，保持队伍士气的旺盛是很重要的。

就当时的情况来说，打华8井是32120队有史以来遇到的生活最困难、环境最苦、条件最差的一次施工。

当时，队员们借住老乡的土房大都年久失修，只要一下雨，外面大下、屋里小下，满屋子是接水的盆子。

这里的老乡常年喝湾里积攒的雨水、咸水、脏水，32120队的有些职工因水土不服，经常闹病。

同时，又是首次在这个地区打井，孤军作战，各方面的条件差得叫人难以想象。

面对这种环境，虽然队员们工作激情高涨，但是在休息时，也难免有一点怨气。

对此，魏振家一到华 8 井后，就首先针对职工的思想倾向，进行形势任务教育，以鼓舞大家的士气。

在当时，32120 全队 100 多名职工都生在旧社会，每个人都有一本苦难的家史，对党、对社会主义有很深厚的感情。

可以说，32120 队每个职工都是一本传统教育的活教材。联系职工的实际，魏振家等人组织职工进行新旧社会对比、个人与先烈对比。

指导员魏振家还结合自己的亲身经历，反复向职工灌输一个道理：在旧社会，我们中国人民受尽了三座大山的压迫，挣扎在死亡线上，比一比，眼前这点苦算什么呢？为了中华民族的翻身解放，革命先烈抛头颅，洒热血，死都不怕，与他们比一比，我们遇到这点困难算什么？

经过对比，大家感到，吃的苦再多，遇到的困难再大，与那些先烈们也是无法相比的。

当时，32120 队几乎每天都要开一次大会或班组会。在开展传统教育的同时，魏振家等人还结合形势任务，进行有针对性的教育，进一步激发大家的政治热情和强烈的事业心。

从 50 年代中期到 60 年代初，32120 队一直在河南、山东一带打井，华 8 井是第一口见油的井。在这之前队上很多职工都没见过石油。

1960 年，魏振家到大庆开会，回来时，专门装了一瓶原油准备带回来。

上火车时，列车员不让带，魏振家对她说："我们是找石油的人，在山东打井，还没打出油来，带回去让大家伙儿瞧瞧，鼓鼓干劲。"

列车员听了后，很受感动，就帮魏振家保管着，下车时，才重新交给了魏振家。

在华 8 井开钻动员会上，魏振家把从大庆带回的油瓶子举了起来，激动地说："我国社会主义建设迫切需要油，大庆油田已经有越来越多的发现，华北平原能不能找到油就看我们的了！"

让职工见识过油后，魏振家还向全队职工讲述了国际国内形势，特别是严峻的经济形势。

此时，大家感到，国家建设需要油，我们搞石油的却没见过石油，花了国家那么多钱，打不出油来，心里很不是滋味。

通过一系列的教育活动，大家的情绪高涨起来了，大有找不到油不罢休的气势。

在进行宣传教育的同时，32120 队还注重通过表扬先进来带动后进。

早在华 8 井工作展开之际，指导员魏振家就经常说：

“数子十过，不如奖子一长。‘奖’或者‘表扬’可以给人带来力量和信心。”

所以，在思想政治工作中，魏振家抓住这种一般心理，把表扬成绩、鼓励先进作为一项重要的工作方法贯穿于华 8 井会战的全过程。

在具体实施时，魏振家采取的方法是每天晚上召开职工大会，讲评一天的工作，主要是表扬好人好事，当然对一些不良倾向也不放过。

同时，魏振家等人还注重通过黑板报的形式，宣传报道突出的个人和班组。

表扬先进的结果，使受表扬的班组或个人心里热乎乎的，没有得到表扬的班组和个人心里就不是滋味，所以很快就形成了一个不甘落后、你追我赶的局面。

在华 8 井施工过程中，进行思想政治工作的一个重要方面就是，让党员干部带头，发挥支部战斗堡垒和党员先锋模范作用。

当时在 32120 队有 20 多名党员，他们在职工中就是 20 多个中流砥柱，在政治上起到了稳定军心的作用，在生产中发挥了排头兵作用。

据 32120 队指导员魏振家后来回忆说：

回想起来，党员管理的方法主要有 3 条：一是坚持“三会一课”制度，党员活动从未间断；二是开展党内正常的批评与自我批评，不管哪个党员有缺点、有错误，或者哪方面做得不够，或者党员之间有什么意见，都能摆到桌面上来，面对面地开展批评教育，保证不让一个党员掉队；三是坚持每日一次的党员思想汇报制度。党员向小组长汇报，小组长向支委汇报，支委会再综合研究分析党员队伍状况，有的放矢地做好思想政治工作。所以，在实际工作中、在关键时候就能体现出党员的先锋模范作用来。

在实际工作中，党员干部特别重视表率作用，用自己的模范行动影响和促进了队伍的建设。党员干部要求群众做到的，党员干部必须首先做到。

当时，在32120队共有5名干部，其中3名行政干部，2名技术干部。

这5个人天天和工人吃住在一起，工作服天天不离身。工人在井上干8小时，干部一天在井上不少于12小时。每次上井，干部也都爬上二层平台和工人一样干。

当时，指导员魏振家到钻井队的时间虽然不长，但起挂吊卡的技术不亚于一个二级工。

工人们常指着魏振家对别人说："指导员是他，书记是他，工人也是他。"

党员干部的这种模范带头作用，起到了立竿见影的效果，看到干部们如此辛苦，普通队员的干劲就更足了，他们纷纷加班加点，甚至经常一连干几个昼夜不停工。

在华 8 井钻井过程中，安排好群众的生活，也是思想政治工作的一个重点。

在商河一带打华 7 井时，32120 队职工每月口粮定量是 26.5 公斤，到东营地区打华 8 井时，定量减至 15 公斤，而且供应的是地瓜干、地瓜面和玉米面，没有细粮。

定量不足，质量不好，营养不良，造成一部分职工体力不足。这种状况不仅影响了职工的身体健康，而且还影响了生产进度。

为改变这一状况，魏振家采取了一系列措施，千方百计解决职工的生活问题。

除了向当地政府求援外，魏振家每天派 4 个人到老乡收获后的地里翻地找萝卜头和地瓜头。每天都能挖到 10 多公斤，掺到面糊糊里充饥。

同时，魏振家还大胆地鼓励职工买羊，由集体喂养，用以改善职工生活。

在队领导的鼓励下，32120 队大约喂养了 1000 多只羊，还喂养了 90 头猪。于是，队里定期宰杀猪羊，为职工改善生活。

另外，32120 队还定期派车到外地购买蔬菜，保证职工每天能吃上一顿青菜。这样就基本上满足了困难时期繁重体力劳动的需要。

为了稳定队伍，为了尽快打出石油，针对当时的情况，指导员魏振家带领全队做了很多思想政治工作。

这些思想政治工作无疑是成功的，它稳定了人心，团结了队伍，提高了队员的劳动积极性。

在思想政治工作的带动下，很多工人纷纷表示：

> 无论条件有多艰苦，为了给祖国打出油来，我们都要不畏严寒，不畏饥饿，昼夜不停地奋战在华 8 井上，力争早日在华北打出油，向党中央、向毛主席报喜。

因此，思想政治工作为华 8 井的钻探提供了重要保障。

第一口井顺利出油

1961年3月5日，这一天是我国石油工业史册上光辉的一天，因为在这一天，华8井终于打出了华北地区的第一块油砂。

这一天，当钻至井深1194米中途起钻取出第二筒岩心时，大家都在焦急地等待着。

岩心取出来了，进尺6米，取心筒下了钻台，大家都围了上去。

一块0.45米长的岩心被小心翼翼地挤了出来，红红地往外流油，就像红砂糖一样，地质员惊喜地发现卡在牙轮钻头上的一块油砂，只见它有指头肚儿一般大小，在太阳的照射下，闪着光泽。

这一块小小的油砂，像一团灿烂的火苗，燃亮了石油工人心头的希望。在场的工人如获至宝，传来传去，怎么也看不够。

欣喜万分的地质员，更是乐不可支，他们找了个瓶子洗了又洗，还系了一条红绸子，小心翼翼地把油砂装了进去，然后郑重地写上了这样几个字：

华北探区的第一块油砂

随即，向华北石油勘探处发加急电报报喜，并将第一块油砂连夜送往华北石油勘探处。

收到喜讯后，地质综合队队长师福德还专门到东营，对发现油砂的情况作了具体了解。

返回济南后，师福德又陪华北石油勘探处党委书记孙竹、主任地质师安培树，一起把油砂直送北京，向石油工业部余秋里部长、康世恩副部长汇报。

根据专家们介绍，东营新探区的沉积厚度大，储藏条件好，只要见到油砂，就可能有大的来头。

余秋里看到油砂后，非常高兴，拿着油砂用放大镜不停地端详。

余秋里还风趣地说：“这个小宝贝，可是比金子还要珍贵得多喽。”

为此，余秋里一边高兴地让秘书赶快把这个油砂瓶传给其他领导和司局的同志看，一边命人通知食堂，做上好饭、好菜，请师福德等人一起吃了午饭。

在席间，余秋里还向师福德等人敬了酒，鼓励他们一定要打好这口井。

华北探区又发现了一块油砂，无疑为我国石油勘探区域大拓展增添了一缕曙光。

就在当天，石油工业部研究决定，委派勘探司钻井处处长邓礼让和主任地质师谢庆辉到现场加强领导，要求他们严密注意井下情况，每天向余秋里汇报录井资料。

3 月 14 日，华 8 井现场向石油工业部打来电报说，又见到了多层油砂。

3 月 28 日，余秋里主持召开部党组会议，布置松辽和山东的勘探工作。

在会上，余秋里提出，要加快速度，高质量地打好华 8 井。余秋里说：

关于山东勘探，分三步走：1. 华 8 井要试好油；2. 再打三间井；3. 如果形势好，下一步再大干。对山东油田要从坏处着想，向好处努力。

最后，会上决定：

调青海石油管理局总地质师王尚文、华东石油局副总工程师李光征到华北勘探处东营现场工作，加强技术力量；

调玉门石油管理局 3 部大钻机和原建制井队共 300 人，给华北石油勘探处，4 月底到达；

调华东石油勘探局副局长刘南同志到华北石油勘探处工作，并指定刘南、孙竹和邓礼让 3 人组成东营地区勘探临时领导小组，刘南同志任组长，孙竹同志负责党政工作，刘南、邓礼让同志负责生产与后勤工作。

由于指挥得当，后勤又有了充分保证，华 8 井打得非常顺利，仅用了 35 天就顺利钻穿油层，没有发生任何事故。

部党组会后第三天，这口井已打到 1721 米，先后在馆陶组、东营组地层中发现油层 30 层，总厚度 59.3 米，形势非常好。

在这种情况下，石油部部长余秋里征求专家的意见，同时吸收松基 3 井的经验，决定于 4 月 1 日提前完钻。

为了把华 8 井的试油工作搞好，余秋里提出了选择试油层位的三条原则：

1. 可疑水层不试；
2. 没有把握的油层不试；
3. 要试绝对有把握的油层。

石油部提出 4 月 1 日完钻的任务给现场地质人员提出了全新的课题。

当时大庆会战正如火如荼地进行着，石油部急于找到后备战场，翘首以待东营油井早日出油，因此命令地质人员天天汇报地质情况，并要保证资料“齐全、准确”。

但是，专业人员少。原来取心每天进尺只有 10 多米，完钻一口取心井需要一年左右时间，而当时实行快速钻进，每天进尺几十米，乃至上百米，几十天就能完钻，录井工作量相应地成倍增长，人员需求也相应增大。

面对这些困难，地质人员没有畏惧和退却，大家一致表示，转战数载，历尽艰辛，不就是为了出油吗？“十月怀胎”都挺住了，哪能让“一朝分娩”吓回去！再苦再难也要抱出个“油娃娃”来。

任务重，他们就一人当两人用，一天顶两天干，日夜加班加点，24 小时连轴转。

没有经验，他们就边干边学边摸索边总结。

录井质量是现场地质工作的关键和核心，为把好质量关，地质人员从基础做起，狠抓“三准一精”，“一准”是卡准钻具长度。每根钻杆地质人员都反复测量 4 至 5 遍，那股认真劲儿竟到了既不相信别人，也不相信自己的地步，只有多量几遍心里才踏实，连一厘米的误差也不放过。

“二准”是测准岩屑从井底上返的时间。为此，地质人员每班进行 2 至 3 次投放标志物实验，准确地把握好井口岩屑所属的实际深度。

“三准”是选准砂样。由于油层较深和快速钻井，捞取的岩屑上下混杂、层次不一。对每天捞取的数十包甚至上百包砂样，地质人员都摊在露天的水泥台上一包一包地挑，一粒一粒地选。

站累了就弯下腰，眼花了就用放大镜，有时干脆跪着干。

寒风吹来，冰冷刺骨，大家全然不顾，硬是通过严格挑选，保证了砂样准确无误。

所谓“精”，就是对各种现场资料进行精心研究，作出地质剖面按时上报。

就是这样，地质人员凭着一颗报效祖国的赤子之心，发扬“严细求实”的科学精神，战胜了从未遇到过的艰难困苦，创造了省时节资的岩屑录井新方法，建立了打不烂、摧不垮的现场录井“铁柱子”。

4 月 14 日，华 8 井射开井深 1220 至 1629 米井段的 8 层共厚 16.4 米的油层，初期用 9 毫米油嘴测试，日产 8.1 吨原油。

这是华北地区第一口喷出工业油流的井，也是渤海湾盆地第一个油田。

华 8 井的喷油，实现了华北地区找油零的突破。这是继大庆油田发现之后，贯彻执行党中央关于石油勘探重点东移战略决策的又一个重要成果。

华 8 井，是胜利油田发展的第一座丰碑、第一块基石，是一个光辉的起点，从而揭开了向华北大地要油的序幕。

二、 开展会战

●余秋里赶紧走过去说："主席，新消息还是有一点的，我们在渤海湾的勘探工作有了新的进展，在山东东营打的一口井喷出了工业油流。"

●龚昌明等人则风趣地说："车是床，天当被，星星眯眼伴我睡，比起当年行军打仗，比起大庆会战的艰苦条件，不知要强多少倍。"

●井队指导员非常感动，他连声说："你们长运公司不愧是野战军！"

中央批准会战报告

1962年2月初，中共中央在北京隆重举行扩大的中央工作会议，即七千人大会。

会议期间的一天，在大厅里，毛泽东叫住石油部部长余秋里，微笑着问道："余秋里，有什么新消息吗?"

余秋里赶紧走过去说："主席，新消息还是有一点的，我们在渤海湾的勘探工作有了新的进展，在山东东营打的一口井喷出了工业油流。"

毛泽东听了高兴地说："打得好嘛！看来这个地方也蛮有希望嘛!"

余秋里说："我们已经调整了部署，加强了渤海湾的勘探力量。"

在毛泽东、余秋里等中央领导的关心和支持下，胜利油田的勘探工作进展得很顺利。

1962年，对已经见油的东营凹陷北部进行战役侦察，第一批预探井先后开钻，很快就传来捷报。

9月16日，营2井在2738至2758米的深度，钻遇沙三段1层厚20.57米的高压油层，发生强烈井喷后卡钻。

9月23日，用原钻机试油，通过15毫米油嘴，获得日产555吨的高产油流，这是华北地区也是当时全国日产油量最高的一口井。

后来胜利油田始称“九二三厂”，就是为纪念营2井第一次喷出高产油流的这个喜庆日子。

1962年10月17日，石油部党组讨论1963年石油工业生产建设计划时，余秋里根据营2井喷油后出现的好形势，提出1963年要做好在山东地区开展石油勘探会战的准备。

余秋里还指出：大庆油田外围勘探工作告一段落，就把主要勘探力量调到山东去。要在东营地区再打一些井，搞好地震和试油工作，查明地下构造情况，争取控制一块含油面积。

接着，石油部党组多次研究，推断华北地区是找油有利地区。

但是，石油部党组经过讨论达成了共识：

一是大庆油田外围勘探一时没有结果，不便抽调勘探主力南下；

二是国民经济处于调整时期，国家拿不出较多的财力物力扩大勘探；

三是在地震勘探和钻探初期，发现华北特别是东营凹陷地质条件复杂，情况不清，不能盲目上，这是最根本的原因。

因此，石油部党组吸取了四川找油和大庆会战的经验，遵照毛泽东“不打无准备之仗，不打无把握之仗”

的教导，没有急急忙忙调兵遣将上华北，组织会战。

此时，石油部采取的办法是，在石油工业内部逐步抽调力量，尽量多搞一些勘探，多打一些预探井进行“侦察”，尽量全面地掌握地下地质情况，积极做好会战的战场准备。

经过两年多循序渐进、扎实有效的工作，根据地震、地球物理勘探资料和钻井、试油资料，石油部逐步掌握了东营凹陷地下构造，生油储油条件、产能等方面的一些基本情况，并且初步控制了一定的含油面积。

同一时期，在天津及河北境内的黄骅坳陷，经过地质部地质普查、详查及地震勘探，也先后发现了一批构造，打出了一批预探井，见到了油砂、油气显示或喷出工业性油流。

1963 年，华北地区的区域勘探形势已经比较明朗，开展勘探会战的条件基本成熟。

同时，大庆石油会战取得了全面的胜利。

于是，石油部党组及时筹划、部署石油勘探战略重点东移后的第二个战役，决定组织华北石油勘探会战。

10 月 21 日，石油部部长余秋里在石油局厂电话会议上说：

大庆油田的发现和开发建设，使我们解决了石油工业近期发展所需的资源问题，但从石油工业长远来讲，勘探工作仍然是我们所有工作中首要的、第一位的工作，这是石油工业的全局性问题，战略性的问题。如果没有雄厚的后备储量，要想进一步把石油工业搞上去，就会很困难。因此，我们一定要在全国范围内，继续有重点、有步骤、分期分批地大力开展勘探，争取在短期内发现新的油、气田。这是坚定的方针。

在11月29日召开的电话会议上，余秋里在讲话中提出：

华北的形势很好，这两年，要重点抓华北。华北会战，部署要周密，我看无非两条：一是搞地震，把构造搞出来；二是打钻，搞出结果，解决问题。我们要下决心，在华北打个歼灭战，总的目标是要发现新的油、气田，解决我国石油工业的储量资源问题。

1963年年底，根据党组的决定，石油部开始从大庆和西北、四川等石油单位陆续调动人员和设备物资，投入华北探区。

1963年10月，石油部党组决定，为了总结1963年工作，做好1964年准备，党组几位同志分别到石油厂矿蹲点，调查研究。

余秋里和副部长康世恩到大庆主持技术座谈会，总结会战工作。

副部长李人俊去华东地区，主要任务是安排山东地区 1964 年的勘探工作，研究以山东为中心组织华北勘探会战的准备工作。

蹲点期间，李人俊先后到上海、南京、济南，向华东局、上海市、江苏省、山东省领导介绍了山东东营地区石油勘探成果，通报了石油部党组准备组织华北石油勘探会战的初步计划部署，得到了各地政府的支持。

1964 年 1 月 15 日，石油部党组在讨论 1964 至 1965 年石油工业计划和调整目标时，正式决定组织华北石油勘探会战，并确定了会战的组织和部署等问题。

1 月 21 日，在副总理薄一波主持召开的工交各部党组书记会议上，余秋里汇报了华北石油勘探形势和会战的方针部署、组织领导方案。

在会上，薄一波明确表示赞成石油部集中优势兵力搞会战的办法，并要求石油部立即写一个报告。

党组会议的第二天，石油部就向中央书记处报送了《关于组织华北石油勘探会战的简要报告》。

报告中着重讲了三个问题：

> 第一，华北盆地的地质概况……
>
> 第二，会战的部署。在石油工业内部，集中优势的技术力量，组织一支工种比较齐全的

勘探队伍。主要包括地质、重力、电法、地震、钻井、运输等各个方面，共约 1.5 万人左右，其中工程技术人员 2500 人。分布在东营、黄骅两个地区，而重点在东营。

第三，关于会战的领导问题。拟成立华北石油勘探会战总指挥部，下分河北和东营两个勘探指挥部。由于会战是在山东、河北和北京、天津几个地区同时进行，而勘探是整体规划的，必须把各地区勘探得来的材料，进行综合分析研究，随时调整部署，哪里得手，就集中在哪里上……

1964 年 1 月 25 日，中央批转了石油部党组《关于组织华北石油勘探会战的简要报告》，批示中说：

中央同意石油部党组关于组织华北石油勘探会战的报告。这是继松辽大会战之后的又一次重要的会战。望有关地方和有关部门予以协助。中央并同意报告所提关于会战的组织形式。同时，责成国家经委对华北石油勘探会战，大力组织协作。

1964 年 1 月至 2 月间，石油部又召开了历时一个月的石油工业局厂领导干部会议。

2月9日，余秋里在会议结束时的讲话中着重指出：

> 今明两年的工作中，起决定作用的是要打好“三个歼灭战”，其中第一个歼灭战就是要在华北地区打一个石油勘探大歼灭战，为迅速增加石油后备储量准备条件。在华北地区找到油田，对改变我国石油工业分布状况，适应我国建设需要有很重要的意义。这个地区地质条件比较复杂，可能是块硬骨头，要准备费大劲，打硬仗。但是，我们下定决心，一定要把这一仗打好。

2月22日，石油部党组又讨论决定了华北会战的几个具体问题，包括会战区域划分和具体任务、会战队伍组织、领导班子配备等。

就这样，经过几年的准备，并经党中央批准，1964年初，继大庆石油会战之后的第二场石油勘探会战，在华北辽阔的大地上展开了。

长运公司帮助搬迁

1964 年年初，中央批准了华北石油会战后，石油工业部将山东东营地区作为华北平原石油勘探的一个重点，从大庆、玉门、青海、新疆、四川等地抽调勘探开发队伍开展石油会战。

同时，石油工业部还组成华北石油勘探会战指挥部。石油工业部部长余秋里亲临东营地区指挥石油会战，石油工业部副部长康世恩兼任华北石油勘探会战指挥部总指挥。

1964 年 3 月，国务院正式任命参加过玉门油田、大庆油田会战的张文彬为石油部副部长、党组成员。

接着，石油部党组决定由张文彬带队，调集大庆一部分队伍到山东东营，与原华东石油勘探局合并，展开会战。

此时，石油部部长余秋里在这里负责指挥大会战的工作。

工作一段时间后，余秋里重新回到石油部主持工作，东营地区石油会战组成了党的会战工委，张文彬担任会战工委书记兼指挥。

会战开始后，大量人员拥向东营，大批设备及其他物资需要运抵东营。为了迅速展开会战，此时，运输任务无疑非常紧迫。

1964年初，石油部党组根据会战需要，决定让运输公司由新疆转战山东参加胜利油田会战。

1月6日，一支由石油师三团指战员担任骨干的、由1300多名职工和310多辆汽车组成的会战队伍，便以最快的速度、最短的时间，由大西北起程奔赴新的战场。

运输队会战先头部队到达山东的第五天，当时还在山东领导会战的余秋里部长，就向运输公司参战队伍发出了“抓紧时间，迅速投产”的指示。

于是，一场抢上设备、快上人员、争分夺秒、保证会战的长距离搬迁正式开始了。

3月17日，以沈继深为书记的运输队四区队的20部“太脱拉”、15部“解放”车首批到达沧州。

一到目的地，在一无住房，二无场地，更来不及办理落户手续的情况下，四区队就根据指挥部的要求，紧急投入了港1井、孔27井和孔36井的搬迁工作。

这3口井的搬迁都是白天装货，夜晚行驶。这里是海滩地带，土质松软加上下雪泥泞，运输十分困难。10公里的海滩路，连拉带拖，一装一卸就要花费一天一夜时间。

就这样，四区队的工人们吃在车上、睡在车上，整整奋战了七天八夜，终于完成了三口井的搬迁任务，打响了支援会战的第一炮。

为了做好高质量的搬迁，在搬迁开始时，石油部部长余秋里就明确指示：

会战队伍，要以大庆为榜样，发扬八路军作风，沿途要爱护群众，尊重风俗，对人民群众秋毫无犯。

因此，在出发前，运输队积极开展了学解放军、学大庆的思想教育。

在组织上，按照部队形式编成班、排、连，成立临时党支部，做到一切行动军事化。

运输队一区队 130 余人，由原石油师排长吕大行同志率领。他们从柳园站上车，一放下行李，就全体出动，到各车厢帮助打扫卫生。

每到一大站，一区队又以分队为单位，帮助列车员冲洗车厢。

在西安等车住“解放饭店”时，一区队又帮着把饭店打扫了一遍。“解放饭店”在感谢信中赞誉他们说：

你们是大庆精神的再现，是全国人民学习的榜样。

行军是这样，到达目的地后也是如此。

一区队到达会战地后，起初没房子，就住在一家老乡的院子里。从住进的那天起，他们每天都早起半小时，帮助房东王大娘挑水、扫地、掏厕所，王大娘感动地说："真是老八路又回来了。"

随着运输队的陆续到来，大规模的搬迁开始了。

为保证设备的安全搬迁，当时都是"车由火车送，人随汽车行"。

1964年3月中旬，第一批拖罐开始由新疆王家沟发运。

老战士龚昌明同志主动带领三名年轻人承担了这批车罐的押运任务。

当时因火车守车已坐满，这批拖罐又没有驾驶室可以做栖身之处，龚昌明等人就像战士守卫武器一样，紧挨拖罐坐在了平板车上。

火车的低槽平板车厢，既不挡风，又不遮雨。3月在新疆、甘肃一带，还是寒风刺骨的季节，但龚昌明等人毫无怨言，一直坚守岗位，怀里揣着干粮，饥一顿，饱一顿，顶风雪，冒严寒，不辞千辛万苦，坚持了8天9夜，终于将首批拖罐安全押到目的地。

当领导和同志们慰问龚昌明等人时，龚昌明等人则风趣地说："车是床，天当被，星星眯眼伴我睡，比起当年行军打仗，比起大庆会战的艰苦条件，不知要强多少倍。"

以当初转业人员组成的石油工程第一师三团为骨干，组建起来的这支运输队伍，和战争年代一样，一开始就做好了吃大苦、耐大劳、打硬仗、打恶仗的精神准备。

在搬迁过程中，由于运输公司卸设备没吊车，他们就用手推、肩扛、千斤顶。

没有工房，他们就露天作业。

没有场地，他们就自己动手，筛沙运石，充分表现了“困难面前有我们，我们面前没困难”的英雄气概。

同时，运输公司的各级领导，从党委书记宋世和，到各区队长、科室长，像当年指挥战斗一样，身先士卒，冲锋在前。

运输职工发扬“为油而战，虽苦犹甜”的革命精神，在一个多月的时间里，顺利完成了1300多名职工、300多台设备和上万吨物资器材的千里大转移，做到了途中没有甩掉一车一罐，没有损坏一台设备，也没有一名职工掉队，迅速地安下营，扎好寨，做好了投产准备，受到了会战领导的高度赞扬。

就是在运输公司的大力帮助下，各种设备陆续运抵东营，为会战的展开提供了有力保障。

余秋里号召艰苦奋斗

1964年初，荒芜而寂静的东营突然热闹了起来。

会战一开始，会战指挥部就制定了勘探工作方针：

区域展开，重点突破，各个歼灭。

并以东营凹陷为主要勘探区，展开了大规模的石油勘探。

很快，指挥部集中了20多个钻井队详探花庄胜利村构造，以便迅速探明含油面积和储量。

在当时，东营会战得到了地方上的大力支持。华东局、山东省和上海、南京、苏州市等地方，从设备、人员、生活、物资运输和建筑施工等方面给予了大力支援。

特别使石油工人们感动的是，山东省除动员地方人力物力，大力支援勘探外，在自身也很困难的条件下，他们还多方照顾石油勘探职工的生活。为此，当地政府对勘探职工的粮食定量，千方百计予以保证，供应的粮食，大部分是细粮，少部分是杂粮。

党和人民群众的关心和支持，令石油工人们十分感动！

在这种情况下，会战一开始，在东营负责指挥的石油部部长余秋里，就号召石油职工学习、发扬当地人民艰苦奋斗的革命传统，学习、发扬大庆会战的艰苦创业精神。

在余秋里的号召下，广大会战职工学习大庆，学习老区人民，积极克服困难搞会战。没有公路自己修，没有吊车和运输工具就人拉肩扛，没有水就自己挖井、积雨水，喝泥塘里的咸水，没有房子就自己搭帐篷、挖地窝子住，口粮不足就吃草籽，自己开荒种地。

在这种精神的鼓舞下，石油工人意气风发，斗志昂扬，指到哪打到哪，夺取了一个又一个胜利。

但在当时，也有少数同志害怕艰苦，思想波动，特别是一些来自城市的干部和学生更是害怕艰苦，甚至产生了抱怨情绪。

这种情况引起了余秋里的重视。

1964 年 3 月的一天晚上，余秋里把东营前线的干部集中到机关大食堂，一起吃了一顿草籽杂粮饭。这也就是后来在石油战线上广为流传的“部长请客”的故事。

当天晚上 18 时 30 分，接到通知的石油干部纷纷来到机关大食堂。

“宴会”开始了，余秋里变戏法儿似的给干部每人准备了两个黄蓿菜窝头和一碗清水煮白菜帮。

据参加此次“宴会”的姚福林后来回忆道：

真的是清水煮，一点油星都找不到。余部长和我们一起吃，也是黄蓿菜窝头加清水煮白菜帮。这顿饭好吃不好吃？啥味道？那滋味还真不好形容，有点苦，有点涩，也有些拉嗓子眼儿。已经多年过去了，我也说不很准确。

等大家差不多都吃完了，余秋里看了看大家，开始讲话，他说：

我今天请大家吃这顿饭有四个意义，一是光荣传统的饭，二是阶级感情的饭，三是劳动人民的饭，四是回忆对比的饭。

为什么说这是光荣传统、回忆对比的饭呢？中国人民是在长期艰苦岁月中度过来的，如果没有长期的艰苦奋斗，就不可设想会有今天。有些同志把过去的光荣历史忘了，现在很值得回忆一下。红军二万五千里长征，翻雪山，过草地，困难大得很，整天又走路又打仗，像今天这样的饭也吃不到。那时就是野菜搅面糊，有时就是吃点野菜，就连野菜也是吃不饱的。抗战时期也很苦，有些地方也吃草籽皮、黑豆皮、棉花籽，加上糠，有时还吃不上。现在和过去比较，真是好得不得了。

……

这里现在的条件虽然不是很好，但比过去那就好多了。过去战争时期，我们打了几十年仗，就没有这样好的房子，甚至有时没有什么房子可住。那时候，整天在山沟里转，能住上一个草棚，就算不错了。

……

当然，绝大部分同志还是保持了艰苦奋斗的传统的。像北京部机关、石油科学研究院和石油学院来参加会战的同志，这几天自己动手盖厨房，下雪天冷照样干，脱掉鞋袜，光着脚板和泥巴。这种艰苦奋斗的精神是很好的。

发扬艰苦奋斗的光荣传统，我们干部要起模范作用，那种闹名利、闹享受的思想是错误的。

我们是工人阶级，是领导阶级，我们有远大的理想，应该是满脑子革命思想、革命精神，准备长期艰苦奋斗，建设强大的社会主义国家。

最后，余秋里还勉励大家：

大家到这里来，是为了参加石油勘探大会战的，是来建设社会主义的，是来干革命工作的。在工作中，要不怕苦，不怕累，勇于克服困难，勤勤恳恳，为党为人民努力工作，力争上游，为我们国家建设贡献出自己的一切力量。

余秋里的话，引起了广大干部的共鸣，他们纷纷表示，在以后的工作中，一定要发扬艰苦奋斗的作风，早日实现会战目标。

为此，每逢过年过节，参与石油会战的干部都组织大家吃这种饭，以此来鼓励大家。

此后，在多种场合，余秋里、张文彬等人提醒和鼓励大家，一定要发扬艰苦奋斗精神。

余秋里等人对艰苦奋斗精神的重视，起到了很好的效果。

在那艰苦的工作和生活环境里，参战职工能够始终保持高昂的斗志，咬紧牙关，艰苦创业，这与各级领导干部带头艰苦奋斗是分不开的。

当时，白天机关里根本找不着人，干部们都往基层跑，确实做到了工人身上有多少泥，干部身上就有多少泥。

在一些大的会战场面里，根本分不清谁是领导，谁是工人。

有一次，由于大雨冲断了道路，粮食运不进来，当时的领导小组组长刘南同志就和大家一起，穿着短裤到15公里外的牛庄去背粮。

干部的艰苦奋斗精神起到了很好的模范作用，很快，这种精神就感染了参与石油会战的每一个工人。

在这种精神鼓舞下，石油工人不计较吃得有多差，住得有多差，他们都把精力放到直接工作上，纷纷抢干脏活、重活、累活，这为会战顺利进行提供了重要保障。

空勤汽车团参加会战

1964年初冬的一天，北京空勤汽车团突然接到一个紧急命令：

> 立即出发，3天之内必须赶到东营，协助胜利油田搞初期建设。

对于空勤团来说，东营是一个在地图上都很难找到的地方，但是，没说的，人民子弟兵嘛！指到哪儿，打到哪儿。

于是，空勤汽车团的同志们整装出发了。

当赶到目的地时，北京空勤汽车团的同志被眼前的景象震住了。

这是一个什么地方呀！方圆数十里只有那么几户人家，大片大片的盐碱荒滩。

但是，更使同志们意想不到的是，几天后，他们便被通知摘去了心爱的领章、帽徽，在这片土地上住了下来，而且一住就是几十年。

当时生活条件是很差的，饮水主要靠坑中的积水。那种稍有些发绿的水，喝到嘴里又咸又涩，就是这种水还极其有限。

夏天还好，冬天一连几个月不能洗澡是常有的事。有时同志们浑身脏得实在受不了，就拿湿毛巾擦一擦了事，许多同志也因此患上了皮肤病。

从很远的地方拉来的白菜、咸菜，再加上玉米面或红薯面的窝窝头就是他们每天食谱的全部内容。

有时特别想打打牙祭，但也终因条件限制而告吹。因为，当时胜利油田的生活服务设施还处于空白阶段，生活必需品只能到农民代销点去购买。

另外，当时为了支援国家其他领域的建设，石油工人大部分职工的月工资只有40元钱，除去自己生活必需的花费外，许多同志还要供养家中的父母和妻儿，这点工资不能随意用。

面对艰苦的环境，北京空勤汽车团到来的同志们仍激情高涨，他们纷纷表示：

> 虽然生活条件差，但我们在工作上却不能差。

每天早晨接班后，空勤汽车团同志们要干的第一件事就是擦设备。在他们看来，出现一丝灰尘、一点锈斑都是不能容忍的。

放下棉纱后，紧接着的工作就是挖排水沟。1964年，黄河三角洲地区突发洪水，给了他们一个沉痛的教训，使他们在以后的工作中，始终把防洪排涝放在首位。

排水沟中取出的土堆在那里很不美观，于是他们便一筐一筐地把取出的土填到油井作业后留下的污油坑里。

就这样，忙忙碌碌的一天很快就过去了，空勤汽车团到来的同志们逐渐适应了这里的工作，并深深地喜欢上了这里。

在当时，每天早上 7 时 30 分上班后，除了生产岗位上的值班人员外，其他人员都要参加盖“干打垒”的工作，因为首先要解决住宿问题。

干一天下来，浑身就像散了架一样，晚上 21 时政治学习结束后，吃晚饭的时候，牛明仁总买 4 个窝头，一口气吃 3 个，还得留下一个等到第二天 3 时去茶坡农垦区参加 1500 亩农田会战时吃。

有一次，牛明仁下了第二个零时班从井上回来，看到班里的同志们在李现华班长的带领下正在脱泥坯。

牛明仁就想：反正还没有睡意，不如搭把手干吧！于是，牛明仁挽起袖子，凑了上去。

俗话说：“脱坯、打墙，活见阎王。”真是不假，还没脱出 100 块泥坯，牛明仁的双眼就金星四射，浑身热气腾腾，站立不稳了。

看到牛明仁这样子，班长放下手中的模子，走过来关切地问：“怎么了？回去休息休息吧！”

其实，当时牛明仁是真的没有力气了，哪怕能在地上躺一会儿也是好的啊！

但是牛明仁看到班长 50 多岁的人了都没休息一会

儿，自己一个小伙子怎么好意思躺下来呢！

于是，牛明仁就放下模子，直起腰来，甩了甩手上的泥巴，用力往腰上擂了几下，对班长说：“没事，我挺好的。”

说完，牛明仁又拿起一根扁担对正在和泥的刘西征说：“走，抬土去。”

开始，牛明仁还能数着筐数，后来数不清了，干脆不数了，脑子里只想着两个字：“抬土”。

牛明仁和其他的同志饿了，就跑回宿舍啃上两口窝头；渴了，就趴在准备和泥的桶上“咕咚、咕咚”地喝个痛快。

左肩疼了就换右肩，右肩疼了再换回来……

牛明仁从早上一口气干到吃晚饭。等到政治学习回来，脱衣服睡觉时才发现两个肩头都磨起了紫红色的血泡。

确实太累了，牛明仁摸着血泡不知不觉进入了梦乡。

“叮铃铃……”刘西征的小闹钟又响了。

此时，牛明仁心想：要是能再躺一会儿该有多好啊！但是听到其他同志“沙沙”的穿衣声，牛明仁再也躺不住了，急忙闭着眼睛坐了起来，伸手摸来衣服穿戴好，抄起铁锹，晃晃悠悠地走出了房门。

3时，牛明仁等人便跑步向茶坡农垦区前进了。

从驻地到茶坡他们要走8公里路，其实哪里有路啊！到处沟沟坎坎，坑坑洼洼，等到达目的地的时候，牛明仁已经摔了七八个跟头。

当时，牛明仁所在班的任务是挖水渠，明确分工后，大家便迅速行动起来。

牛明仁习惯地往手心里啐了一口，便用最大力气干了起来。

到6时，200多米长的水渠已基本上完工了。望着自己的劳动成果，大家扶着铁锹一边休息，一边谈笑着。

正在大家谈得高兴的时候，不知不觉，牛明仁扶着铁锹又一次进入了梦乡……

当时，在北京空勤汽车团的同志中，像牛明仁这样废寝忘食工作的人还有很多，正如牛明仁后来所说：

> 作为一个老石油工人，今天我可以自豪地说：为了祖国的石油事业，我们没有吃不了的苦！

长运公司再立新功

1964年4月28日，天气晴朗，万里无云。这一天，运输公司开始了原油南运的试运。

原来，当时东营原油外输管线尚未铺设，大量原油只有通过汽车运至距东营80公里的辛店，再用火车运到南京炼油厂。这就是有名的华东原油南运。

当时由长途运输公司二分公司承担这一光荣使命。

试运前，公司副经理王有常组织全体分队长和部分机关人员，对沿途路况、村镇行人作了实地考察，并派出主要业务干部随车，从行车时间、装卸情况、速度、各段公路宽窄距离，以至各井产量、各站容量、装油温度、进出油管尺寸等等，都摸得清清楚楚。

这些第一手资料为以后的运输生产和企业管理提供了宝贵的依据。

运输公司领导这种一丝不苟的作风和脚踏实地注重调查的科学态度，使一、二分公司的干部和职工受到一次深刻教育。

为了搞好首次南运，王有常还亲自上阵指挥，并责成二分公司经理李仁民，从机关抽调20余名工作人员做了大量的战前准备。

经过紧张的准备，参加首次试运的黄益让区队陈振义小队的40多部车和7吨拖罐，整修一新，排好顺序，4时开始出发，8时先头分队正点安全到达东营集油站。

当天17时，40多辆罐车全部顺利返抵辛店，胜利完成了首批532吨试运任务，为华东原油南运揭开了序幕。

当大批原油开始南运后，分公司专门组织了一个调查小组，长期驻在东营，对每天产量、变动情况都了如指掌，使运输相当主动，基本上实现了王有常同志提出的“只准车等油，要多少，派多少，有多少，拉多少；不许油等车，哪怕一分一秒”的要求。

1964年9月上旬的一天傍晚，位于黄河边上的坨6井钻到2880米深度时，发现高压油层，情况十分危急。

为了防止井喷，指挥部命令运输队立即从辛店抢运100吨重晶石粉压井。

接到电话后不到10分钟，运输队五区队10辆“太脱拉”紧急集合，在区队长陈维端的带领下连夜装车出发了。

次日凌晨，五区队行至黄河一号码头，距坨6井3公里半处，因道路全是深约50厘米的烂泥浆，车队无法前进。

此时，指挥部事先从机关调集了300余人在此等候，准备把100吨重晶石粉扛进井场。

按300人计算，每人平均往返9趟，中间不吃饭、不休息也得一天一夜才能完成。

针对这种情况，陈维端立即召集五区队两个分队的同志商议对策，为了争取时间，为了油井的安全，他们决定把困难揽下来，千方百计把车子开进去，以自己的辛苦代替300名机关同志的繁重劳动。

命令下达后，五区队的司机们挂上加力挡，加大油门，像蜗牛似的一步一步地向前爬行，实在爬不动了，司机就跳下来用手挖泥，这时指挥部又调来4部拖拉机，两部拖一部，一点一点向前移动，最后，终于把重晶石粉安全送到井场，赢得了会战领导和广大职工的钦佩和好评。

1965年，继东营会战取得胜利之后，又在“通、王、惠”，即通滨、王家岗、惠民，组织勘探会战。

这次战役对扩大勘探成果，打开华东战区新局面具有重要意义。

会战工委十分重视，康世恩副部长亲自指挥，抽调各路精兵强将，要求会战100天，拿下油田。

根据这一指示，陈维端区队的50部“解放”、20部“太脱拉”车全部参战，具体任务是担负器材设备运输和井队搬迁。

当时由于上得猛，规模大，加上新区作战，条件差，要求急，运输战斗是非常艰苦的。

但这支经过会战初期考验，能打硬仗的运输队伍，一接到通知，广大职工就纷纷写保证书、提措施，决心在“通、王、惠”战斗中再立新功。

1965年5月，四辆“太脱拉”在一次井队搬迁中，拉着两台柴油机、两台泥浆泵，因为都是超重设备，加上乡间小路十分难行，一段20公里的土路，竟走了9个多小时，好不容易才到达井场。

到达井场后，又没有吊车，卸车又成问题，很明显，这样重达11至13吨的“庞然大物”仅凭双手是无能为力的，井队同志劝运输队员等吊车。

但是，运输队员说：“我们有尽快拿下大油田的雄心，眼下吊车少，别的井队搬家也要用，我们可不能坐等，白白浪费时间。”

于是，运输队的队员就自己动手挖地沟，使车槽底板与地面拉平，再搭上钢管用另一部车往下拖设备。

就这样，经过三个多小时的奋战，终于将4台设备平稳地卸下来了。

看到运输队的表现，井队指导员非常感动，他连声说：“你们长运公司不愧是野战军！”

在大战“通、王、惠”期间，不怕困难的事例屡见不鲜。

尤其是在装卸力量跟不上的情况下，司机自装自卸蔚然成风，成功地解决了装卸力量不足的问题。

长途运输公司不俗的表现，赢得了整个会战参与人员的肯定。前线指挥部领导在总结表彰会上，曾经赞誉长途运输队有七个“不管”：

不管白天黑夜随叫随到。

不管刮风下雨坚持战斗。

不管路况好坏猛攻硬上。

不管什么货物需要就拉。

不管困难多大，指到哪里打到哪里。

不管分内分外见活儿就干。

不管吃住条件一切为了前线。

长途运输队正是以自己平凡而辛勤的劳动，忘我的精神，创造了一个又一个奇迹，争取了一个又一个战机，为油田的早日开发，作出了贡献。

固井队进行多项创新

1966 年，会战工委把固井大队大队长的重任交给了黄世孝。

此时，黄世孝感到，固井大队大队长的担子实在太重了。于是，黄世孝就去找领导请求：“还是让我搞技术工作吧！”

领导批评黄世孝说：“党员要听党的话，这是工作的需要嘛。”

回到队上，黄世孝一连几夜睡不好觉，思前想后，觉得自己应该服从组织决定，以大庆精神努力带好队伍，搞好工作。

从此，黄世孝与胜利油田的固井工作一起走过了几十年的发展历程。

胜利油田早期的固井队组成复杂，人员和车辆来自华东、陕西、甘肃、宁夏、四川、大庆等地，复杂的构成，给工作带来了不利的影响。

为此，黄世孝首先抓组织建设、制度建设，大搞设备维护保养、岗位练兵，使这支年轻的固井队伍在艰苦的环境中经受锻炼，成长起来，满足和适应了会战的需要。

在黄世孝等人的共同努力下，固井队不仅能固一般油井，较高难度的井也能固好，固井合格率都在98%以上。

为此，会战工委授予了该固井队“红旗队”称号。

根据石油部指示，固井队到地质部羊三木油田固了该区第一口油井，随后又到大港油田固了难度较大的港31井，获得了成功，受到了兄弟油田的赞扬和石油部的好评。

当时，固井队的车辆类型多、车况差、配件缺。为了解决这些问题，固井队在上级领导的关怀和兄弟单位的支持下组织了机修会战，重点抓了设备的日常维修保养，进而开展了分队、车组之间的比赛，以抓点带面的方法，树立了以8号水泥车为战区的标杆车。

通过这些工作，固井队有力地促进了车辆管理。车组做到了施工正点到达，不误前线一分一秒，车辆出勤率达95%以上。

1965年1月，石油部检查团的一位姓甘的司长到固井队检查时，赞扬黄世孝说：“你们在一无车库，二无专用机具，只有两台老虎钳的修理条件下，把特车搞得100%完好，真是不简单!”

固井施工要求组织严密、协同动作、高质量一次完成，为此，会战工委领导经常告诫固井队：固井作业是一锤子买卖，要是固坏了一口井，犯的可是不可改正的错误。

黄世孝也深深认识到一次性高质量完成的重要性，

为此，他认真落实会战工委领导的指示，从抓队伍的严细作风入手，努力提高固井质量。

固井队首先开始抓岗位练兵和评比，各工种都评选出操作能手。为此，固井队还提出严格要求：

> 小班司机注灰比重打得均匀，符合设计要求；漏斗工供灰不堵漏斗，连续施工；大泵工不放回水，替泥浆计量准确；大车司机施工中不准抛锚，泥浆碰压稳准。

练兵活动的开展，不仅有效地提高了固井队伍的技术素质，而且形成了良好的战斗作风。

有一次，一个车队和固井附件班的同志在蛇一区固完井，回队时把高压活动弯头忘在了井口，他们回来察觉后，又从钻井驻地步行了十多公里把高压活动弯头抬了回来。

又一次，一个固井工坐在保险杠上倒车，队领导发现后，立即召开现场会，论事情的危害，抓不安全苗头，使大家受到了深刻教育。

随着会战形势的发展，大批钻井队伍陆续从全国各地调到油田，固井队施工也因此而日趋繁忙。

为了进一步提高固井质量和解决技术干部不足的困难，黄世孝等队领导开展了固井工人设计活动，实际上即民主管理。

通过这种民主管理活动，充分发挥大家的聪明才智，从对钻井队完钻、泥浆性能、井身质量的了解，到完钻测井的井径曲线、油气水层的部位；从套管强度和注水泥浆的计算，到套管下入的情况掌握以及施工前的任务动员和施工时现场指挥等，全部进行三结合的工人设计。

每固一口井的技术套管或油层套管，固井队都要在现场总结经验和不足，评出先进车组和优秀个人。

通过三结合的工人设计，固井队不仅提高了队伍的技术素质，也提高了固井质量，同时也培养了工人指挥员。

随着油区范围的不断扩大，油井固井难度的不断增加，固井工艺需要不断改进。

为此，固井队首先改革固井附件，为避免泥浆管内穿槽或碰不好压，固井队用铝塞代替了多年使用的木塞，后来又改用胶塞代替铝塞。

为使套管顺利下入，固井队把多年使用的木质引鞋改为铁质引鞋。

为使水泥浆上返成旋流状态，封闭好油层，固井队在套管下部结构采用了旋流短节，并在井径较小地段加扶正器。

通过采取上述革新措施，油井固井质量优质率不断提高，并赢得了大家的一致赞同。

随着钻井速度的不断加快，固井队 40 多部固井水泥车 4 个中队，工作处于连轴转状态。

为改变这一现状，固井大队三结合工人设计小组，大胆启用了钻井队泥浆泵代替水泥车，并在工程技术人员的努力下，成功革新了自动下灰装置，不仅减轻了工人的体力劳动，还节约了大量水泥，做到文明施工。

在石油会战期间，固井队在黄世孝的带领下，不断进行了各种创新尝试，这些创新尝试既有技术上的，又有管理方法上的，这些创新成果的运用，大大提高了固井队的工作质量和工作效率，为石油会战立下了重要一功！

工具班再现“铁人精神”

1966年，对于马帮超来说，是不平凡的一年，在这一年，他来到了胜利油田。

在来胜利油田之前，马帮超曾参加过大庆石油会战，在“铁人”王进喜同志生前所在的钻井二大队当钻工。

在大庆时，马帮超听到的第一场报告，就是大队长王进喜作的“坚持勤俭建国方针，走自力更生道路”报告。

当时，大庆的冬天气温在零下30多度，“铁人”王进喜不戴皮帽，上钻台扶刹把一扶就是4个多小时的事迹，深深感染了马帮超，他暗暗下决心，要以“铁人”为榜样干好工作。

1965年4月，一次意外的工伤，马帮超被摔成了脑震荡，经治疗稍愈后，1966年被调到胜利油田工作。

来胜利油田后，马帮超仍在钻井队坚持干，后来由于身体原因，领导照顾马帮超，把他安排到滨南做门卫工作。

在当门卫的那段时间里，马帮超心里非常难受，他常常对自己说：“想想‘铁人’，看看自己，20出头的壮壮实实的小伙子，却不能为发展石油事业出把力。”

马帮超坐不住了，他要求调动工作，领导最初不同意。马帮超就整整缠了两天，领导只好同意重新安排马帮超的工作。

不久，马帮超来到了刚刚成立的工具队工具班。

那时候的工具班一无厂房，二无设备，三无航吊，真是一无所有啊！

大伙见马帮超是“老石油”，就选他当班长，马帮超愉快地接受了大家的要求。

当时马帮超想：虽然负了工伤，前线去不了，做后勤修理工作也同样可以为发展石油事业出力，再苦再累也要干好！

没有厂房，马帮超等人就在露天修；没有航吊，马帮超等人就用肩膀扛；没有设备，马帮超等人就土方法上马。

当时，清洗废旧抽油泵没有设备，油污不容易清洗掉，马帮超等人就砌了个3米见方的简易池，焊了个铁炉子，用开水洗泵。热气炙人，油味熏鼻，大伙儿就在一片热气笼罩中，拿着钢丝刷和棉纱团清洗泵上的油污。

后来马帮超等人觉得这个办法太落后，就把油泵用套管套起来，在池水里配上碱，用水泵把池水打入套管，让池子里的水不停地循环到套管里，直到把泵洗净。

这样做尽管只能一台一台地清洗，但还是比原来节省时间、节约人力，工作条件也好了许多。

工房盖好后，要装航吊，吊车进不了工房，马帮超就和大家用滑轮加垒扒杆的方法，硬是用蚂蚁啃骨头的精神，把航吊安装到了7米高的厂房顶端。

随着新油田的逐步开发，井下工具需要量日益增大，单靠上级供应材料已远远不够。

别的不说，仅抽油泵这一项，按当时的情况，总机厂全年才能制造800台，这显然满足不了需求。

没有办法，只有靠修复废旧井下工具，再重新利用。但是，废旧井下工具散落在各个井场上，要首先进行回收。

于是，马帮超就和大家开始了“找米下锅”的回收工作。

回收工作开始后，马帮超等人坚持一个星期跑一趟作业队，回收废旧抽油泵、封隔器等井下工具。

从春到夏，从秋到冬，年复一年，大家跑遍了所有的井场，把废旧材料一件不漏地回收起来。

即使对埋在土里的废旧材料也不放过，总要想尽办法把它挖出来。

每次回收的井下工具，总能满满装上一车，足有一百二三十件。

回到班里，大家洗的洗、拆的拆、修的修。修好后，再送往前线作业队。

有一次，封隔器上的胶皮筒待料，废旧材料就在废料堆里，他们从成千上万个旧胶皮筒里挑选了300多个，以旧代新，及时解决了生产急需。

井下工具的修理质量要求比较高，质量的好坏会直接影响着油井的作业质量，一点不能马虎。

但是，马帮超文化程度低，认识的几个字还是在原来部队学的。

面对几十种井下工具，一无图纸、二无资料、三无技术，有些工具精密度还很高，马帮超常常感到力不从心。

面对这种情况，为确保质量，碰到简单一些的就自己干，碰到疑难的就去胜利采油指挥部求援。

可常去请求支援也不是办法，马帮超就穿着一套油工衣，开始学习修理技术。

学习的过程中，困难很多，没文化就全靠脑子记。而马帮超曾经受过伤，头经常痛，但马帮超顾不得头像炸开般地疼痛，死记硬背各种井下工具的规格、数据，边学边问直到弄懂原理构造。

回到油田后，马帮超干脆把铺盖卷一捆，搬到了工房休息室，一头扎到了修理工作上。

一台抽油泵有24件衬套，加长泵有36件衬套，为了解决泵不足问题，马帮超开始试验用四五台旧泵装配一台新泵。

那时候没有千分尺，没有量缸表，全凭肉眼观察，用手触摸。

为了装配好一台泵，他经常连续两三天不睡觉，眼睛熬红了，人累瘦了。但看到一台台被自己装配好的泵，他高兴得像孩子一样。

功夫不负有心人，没过几个月，马帮超技术水平提高了，他手一摸就能知道泵套好没好。

很快，各种类型的抽油泵、封隔器、活动配水器都被马帮超慢慢掌握了修理要领。然后，马帮超再教徒弟，互帮互学，逐渐全班都掌握了井下工具的修理技术。

为了避免返工，马帮超对修理质量要求很严，为此，还立了一条规矩：宁可自己麻烦一千次，不给前线添一次麻烦。

为了保证质量，马帮超等人还制定了井下工具管理制度，修复、检验技术标准等一系列规章制度，都收到了较好的效果。

那时候，别的工具不说，仅抽油泵每年就要修复七八百台。

一台泵100多公斤，回收装车、卸车都是人拉肩扛。

虽然当时条件差、困难多，但马帮超等人的工作热情很高，在马帮超等人的努力下，他们及时修好了各种井下工具，保证了前线作业施工的需要，为油田原油开采作了很大的贡献。

同时，马帮超的这种“铁人精神”也深深地感动了大家，使大家增添了为石油而战的热情。

人民积极支援会战

1964 年经中共中央批准，胜利油田正式开发建设。

不久，在垦利县胜坨公社胜利村，打出一口日产 1134 吨的高产油井坨 11 井，从此，一片新油田出现在黄河三角洲上。

同时，坨 11 井的出油也拉开了胜利油田与垦利县“工农共建”的序幕。

1965 年 6 月，垦利县县直机关迁至民丰公社驻地双河镇。

随着胜利油田的开发建设，油田的钻井、采油、供水、地调、运输、油建等各路施工队伍迅速发展壮大起来，与当地社、队干部群众的接触越来越广泛，有时也难免发生一些纠纷。

如何及时处理好工农之间发生的各种纠纷，直接关系到工农共同发展的大局。

这一问题，引起了垦利县领导的高度重视，他们决心把处理好工农关系当作一项重要工作抓好，做到“油田发展我发展，我与油田共振兴”。

当时，油田各路施工队经常与农村社、队干部群众联系施工方面的有关事宜。在钻井、油建、地质勘探、供水等方面，因施工征占土地和损坏农作物等，也经常因经济补偿问题发生争议。

在基层难以处理的情况下，必然由县出面协调处理。

由于油田各路施工队伍太多，每天到县找领导处理问题的也特别多，几乎每天都有几个单位到县要求处理纠纷。

在此情况下，为了及时处理好工农之间的纠纷问题，更好地支援油田建设，经垦利县委研究决定，成立了县工农办公室，由孙法诰分管此项工作。

工农办公室的主要任务是负责协调油田和地方的关系。为了更好地协调工农关系，在油田每开发一个新油区的会战前夕，工农办公室都协同油田有关领导亲临现场，向公社、队干部介绍情况交底，并说明地方需要注意和解决的问题。通过这种做法，保证了油田施工的畅通无阻。

及时处理在油田开发过程中出现的矛盾，也是垦利县工农办公室的一项重要工作。

在油田会战中，各路施工队伍任务紧迫，难免与当地农民发生一些纠纷，而多数纠纷属于征占土地经济补偿问题，也有些属于施工前协商时达不成协议，油田又急于施工而造成的矛盾。

一次，油田在垦利县高盖公社境内修建一处压气站时，生产车间已建成，但规划生活区还需占 30 亩土地，按整体规划要求应建在生产车间北面 0.5 公里外，以便于职工上下班。

但是当时，高盖公社干部不同意油田这一规划，公社干部提出压气站生活区必须建在生产区南面 1.5 公里以外的公社机关附近，显然生产区与生活区相距太远，在布局上不合理。

为顾全大局，工农办公室经过多次协商，反复向公社干部讲道理，终于取得了公社领导的理解，规划得以实施。

同时，工农办公室还负责对油田征占土地的审查。

随着油田开发进程加快，油田开发建设需要的土地越来越多。

最初，土地管理由民政部门负责，为此县委派出县民政局副局长耿杰，到工农办公室分管油田征占土地审查工作。

当时，工农办公室根据钻井施工的特点，对钻井占地采取先占后征的办法，这种做法不影响钻井施工进程。

开始时，每口井占地 10 余亩，多数是临时占地，永久性占地在 5 亩左右。因此，采取先占后征的办法是符合实际的，也为油田生产提供了方便。

油田开发必须有充足的水资源供应，如果水资源不足，将造成严重困难。

当时，在油田会战中，缺水问题也制约着会战的顺利进行，对此，垦利县急油田所急，为油田生产供水做了很多工作。

当时，油田生产用水遇到了实际困难，经过考察、分析得出结论，充分利用黄河水资源才是唯一的出路。

为此，垦利县和油田领导共同研究决定，在垦利县辛庄公社境内修建一处15个流量的引黄闸。

引黄闸从1965年下半年开始修建，垦利县分管水利的副县长王述彬具体负责施工建设。

1966年，引黄闸建成投产，引黄灌渠、六干整修、桥涵建筑物等同日也建成启用，放水直接通过六干流入油田八分场各水库，解决了油田生产用水的急需。

在六干渠道建桥、清淤施工之时，正值农忙季节，而油田钻井指挥部驻地以南六平桥的护路工作缺少人员，直接影响了施工进度。

面对这种情况，垦利县委领导同志立即发动县直机关200多名干部参加义务劳动，由县委副书记隋庆阶同志亲自带队，如同以前支援人民战争一样，他们从双河镇带上抬筐步行8公里到六干桥，并进行远距离抬土筑路施工。

经过两天的紧张劳动，他们运土400多方，六干桥南头公路筑成，按时通车，保证了六干顺利放水。

在油田开发初期，油田工人的生活用水主要靠一号水站供应。这处水站建在垦利县民丰公社境内黄河南坝以北，1965年建站。

1968年，因水库太小，又征用了民丰公社复兴大队土地3000亩修建水库。

后来，随着油田开发速度的加快，用水量大增，小水库已不能满足生产发展的需要，必须扩大水源，修建大水库。

为此，油田供水部门统一规划，分期分批在民丰公社境内修建了3处大水库，共占用土地4800亩。

通过以上几处水库的建设基本满足了当时油田生产、生活供水的需要。

垦利人民除了供地给油田用来开采石油、兴建水库外，他们还贡献出部分土地，积极支援油田发展农副产业。

随着油田开发建设速度的加快，60年代末，油田职工大量增加，同时职工家属也越来越多。

为了解决大量工人和家属的吃饭问题以及广大职工家属就业问题，发展农副业是非常必要的。因为发展农副产业既是一个现实问题，也是关系到解决职工后顾之忧、调动职工劳动积极性的重大问题，更是关系到高速度、大规模油田开发建设的问题。

但按国家规定，油田发展农副业生产不能像开采油田那样征用土地。

为此，经县、油田双方领导共同协商，本着“既不违背国家政策，又要面对现实；既要解决油田职工家属的实际困难，又要促进社、队发展农业生产”的原则，垦利县因地制宜，统一规划，先后分期分批地为油田农副业生产划拨了部分土地。

据负责工农办公室的孙法诰后来回忆说：

具体采取了以下几种办法：

第一种办法是，选择土地较多的村庄，由油田投资，工农联合开发，建成高标准、大面积的农田水利配套片。建成之后，社、队、油田合理分配耕种。例如，辛店公社在万全村规划了2.8万亩，实际完成2万亩，开发后分配给油田9000亩耕种。

第二种办法是，由油田向社、队投资，帮助社、队改造一部分耕地，同时由社、队划拨给油田一部分土地自行开发耕种。高盖公社采取了这种办法。

第三种办法是，由油田投资，协助社、队修建扬水站、渡槽、桥涵、闸等水利工程，同时社、队划拨给油田部分土地自行开发耕种。高盖、胜地公社都采取过这种办法。

据不完全统计，经采取以上措施，垦利县先后共划拨给油田农副业生产用地3.5万多亩，这对解决油田职工家属的粮食自给和经济收入、稳定职工队伍作出了重要的贡献。

在积极献地的同时，垦利人民还帮助油田建设防护工程，以确保油区安全。

1964年，胜利油田开发时，降雨量较大，油区范围内部分地方发生雨涝灾害，当时因油区刚开发建设，油井较少，未造成严重损失。

但随着油田的增多，要确保油田正常开发建设，就必须修建防洪排涝工程，否则遇到洪涝灾害，将会造成不可估量的损失。

为了确保油区安全，垦利人民在油田驻地成立了胜利水利建设指挥部，吸收油田和垦利县有关领导参与，垦利县所在的惠民专署副专员谷前同志挂帅，指挥工程建设。

从1965年开始，垦利人民分期分批进行了防洪排涝工程建设，先后对广利河、广蒲沟、东营河、五干排、六干排、五六干合排、溢洪河等7项工程，进行了兴建、扩建、疏浚和清淤等工程施工。

完成上述工程，特别是广利河、广蒲沟、东营河、溢洪河等工程，工作量非常大，需要动用大批劳力参加施工。

为此，垦利县专门建立了防护工程专业队，并积极抽调劳力进行支援。

另外，惠民专署还从邹平、桓台、博兴、高青等县抽调了大批劳力，利用冬春季节积极支援防护工程建设。

正是由于以上防洪排涝工程发挥了强大威力，所以自胜利油田开发以来，特别是在1974年和1976年遇到了特大降雨的情况下，也从未遭受严重损失。

油田是一个点多、面广、线长、没有围墙的企业，如果没有地方政府的大力支持，没有广大人民群众的密切配合，油田的生产就没有保障。

自油田开发以来，垦利县人民遵照国务院“地上服从地下”的指示精神，一切从大局出发，处处以国家利益为重，积极支持、服务于油田开发建设，为油田发展做了重要贡献。

会战以后的数十年来，垦利县人民政府和人民群众与油田有关单位密切协作，团结战斗，相互理解，相互尊重，相互支持，谱写了一曲“工农共建”文明油区的凯歌，创出了令人瞩目的业绩。

山东省大力支援会战物资

1964年春，中央决定东营石油会战后，东营所在的山东省对胜利油田的开发建设非常重视，表示后勤服务、安全保卫等工作要立即跟上。

不久，粮油供应、商业供应、银行、邮电、公安等单位，都组织人员和班子来到油田基地，展开了支援油田会战的工作。

当时，胜利油田的环境是除了茫茫草原，就是盐碱荒滩，人少、兔子多，喝水都困难，交通更是不便。村庄很少，石油工人生活也非常困难。

会战职工都是住在帐篷里，就连医院里的病人，也都是住在简易房或板房里，生活非常艰苦。

各地前来支援的服务单位也是一样，地方单位来的同志来自全省各地，大家都有吃苦的思想准备。

当时，山东省商业厅、惠民地区商业局决定，在油田会战基地建一个综合供应单位，这就是"中国百货公司东营综合商店"。

在这个"中国百货公司东营综合商店"里，无论吃的、穿的、用的都由综合商店组织供应。

组建综合商店第一批调来40多人，由张元荣任书记，骆英茂任副书记，王鸿飞任经理。

当年年底，综合商店发展到 80 多人，资金 35 万元。当时的综合商店，只有百货门市部和一间理发室，全是砖瓦结构的简易房，总共也不超过 200 平方米。

10 多平方米的经理室，除一张小桌外，还安了 4 张床，也当宿舍，还兼做会议室。

综合商店的蔬菜、果品、肉食、禽蛋、水产等供应门市部，全都在临时搭起的大帆布帐篷底下营业。食品仓库，除个别贵重的、怕潮湿的存放在 100 多平方米的简易房里外，大部分商品都是露天存放，用大篷布盖着。

条件差，生活艰苦，但是前来支援的同志们却个个干劲十足。

工作时间当时规定就是 12 个小时，7 时上班，19 时下班，四季不变，加班加点更是家常便饭。

因为没有装卸工，商品吞吐量又大，装车、卸车都是同志们自己干。

有时晚上卸一夜车，洗洗脸，吃点东西，接着又上班。

上了班更是紧张，各门市部都挤满了石油职工，他们买上需要的东西就走，都没人问问价格。

有不少人是从第一线的井队、作业队来的，一买就是一大堆，除个人买的外，大部分都是为别人代买的。

当时，综合商店的职工 12 个小时一直忙个不停，但从没有人叫一声苦，喊一声累。

山东省商业厅为了支持综合商店的工作，还调给综合商店两部旧汽车。

综合商店员工考虑到，最艰苦的还是第一线的石油工人，于是他们就组织了一个流动送货服务组，抽出一部专车，开展了流动送货到第一线的服务活动。

开始时，综合商店员工只是送一些百货、文化等生活必需品和开展理发服务。

综合商店员工去了之后，第一线的石油工人们喜笑颜开，高兴极了，他们把综合商店的流动服务看成是雪中送炭。

流动服务车每到一个单位，都是红旗招展，锣鼓喧天，工人们列队迎接。

送货组的同志们下了车，就售货的售货，理发的理发。

同志们售货有空闲时，就到工棚里，去帮石油工人洗脏衣服、扫地等。

这个井队服务结束，接着再到下一个井队或作业队。

吃饭时间，到哪个单位就在哪个单位吃，有时晚饭也在井队吃，每天都回来得很晚。

通过送货，同志们看到了第一线石油工人的生活状况，一个同志这样描述道：

石油工人们的生活确实艰苦，工作紧张而繁重，不管酷暑严寒，还是风里雨里，天天奋战一个样，很少有空外出，有的同志头发几个

> 月都得不到理。特别是有的单位几天都吃不上蔬菜。没有蔬菜，他们就啃咸菜；没有咸菜，他们就吃咸盐，工作却照样干劲十足，我们见了都非常感动。

面对这种情况，送货的同志又决定把流动送货服务组扩大，不仅把百货、文化等日用品送到第一线，又增加了蔬菜、果品、肉食、禽蛋等副食品，这样送货组就更受石油工人的欢迎了。

当时流动送货服务组的同志们也非常辛苦，每天早出晚归不得休息。

有一天，在返回的路上汽车坏了，修好车回到单位已是第二天2时了，为了不再卸车、装车，刘爱莲主动要求看管车上的商品，让同志们快去休息。

结果，刘爱莲就在车上休息了几个小时，天亮了，洗洗脸，吃点东西又出发了。

同志们还经常开玩笑说："我们再辛苦，也不如石油工人辛苦。"

1965年春，油田会战规模扩大了，石油职工队伍从全国各地陆续向这里聚集，支援油田的服务单位也随之扩大。

惠民地委和行署为了加强对油田会战的支援，便决定成立东营工委和东营办事处，统一领导地方各系统、各单位对油田的服务工作。

油田会战的形势发展很快，自然对服务工作也提出了更高的要求，就当时的几处供应点、一部流动服务车来说，已满足不了油田发展的需要。

那时，各个二级指挥部都相距很远，都必须设固定的供应网点进行供应才行。

另一个问题，油田会战刚开始时是不准带家属的，日子长了总不让家属来也不行。

1965年春，油田开始迁入家属，来的势头还很猛，不论有工作的还是没有工作的，不论城市户口还是农业户口一齐上。

很快，在油田的所在地第一批农业户口家属上了一万户。

为了安排好农业户口家属的生活问题，油田指挥部在五一农场、八分场、九分场一带，新建了10多个家属村。但这些新建的家属村，交通不方便，生活供应也十分困难。

根据以上实际情况，负责支援油田的同志作出了增设固定供应点的决定。

但是，大批建供应网点谈何容易！一要人员，二要资金，困难是相当大的。

负责支援的同志就先易后难，因陋就简，有条件的立即上，没条件的就创造条件争取早上。

为此，支援人员提出了增设固定网点的计划，经惠民地区批准后，先在农村招收了400名有文化的青年合同工，经过短期培训，立即上岗。

油田也理解支援人员增设固定供应点的困难，便作出决定：所有各二级单位驻地和各家属村的固定供应网点，一律由油田负责援建。

当时支援人员就准备好人员，准备好流动资金和商品，等着开业就行了。

油田对增加固定供应网点的工作很重视，专门召集各二级单位开会，并决定各个网点的房子一律建比较坚固的“干打垒”，即土坯房。

油田首先以八分场运输中心村作建设示范，用搞会战的办法，人员、车辆、机械、物料等一起上，仅用8天的时间，就完成了一个服务大院的建设。

当时的工地现场真是热火朝天，很是壮观，红旗招展，一片人海。和泥的和泥，脱坯的脱坯，运料的运料，施工的施工，一片繁忙劳动的景象。

会战指挥部的领导虽是督阵指挥，各二级单位的领导虽是观摩学习，但也都亲身参加体力劳动。

此时，惠民地区商业局的一位女副局长任学三同志，正在东营综合商店视察工作。

看到工人们热火朝天的场面，虽已年过半百，但任学三一到现场就马上脱掉鞋袜，挽起裤腿，加入了和泥的队伍干了起来。

记者们在现场照相的照相，采访的采访。高音喇叭里不断地播送着好人好事和工程进度。

8 天过去了，一个有 50 多间房子，一万多平方米的四合服务大院呈现在人们的面前，示范会战胜利结束。

随后，会战指挥部又召开了各二级单位参加的现场会，要求各个固定供应点的建设必须按时完成。

运输中心村服务大院的建设完成后，百货、蔬菜、肉食、水产等门市部，粮食供应站、银行营业所、邮电所、派出所、新华书店等单位，也都前来支援。

就这样，仅准备了一天，第二天就开张营业，职工家属都十分欢喜。

在各个方面的大力支援下，各二级单位驻地和各家属村供应点的建设，很快就全部竣工。

这次大规模网点建设，南至博兴的纯化、广饶的牛庄，北至孤岛，东至永安，共建网点 100 多个，仅综合商店就建了 60 多个。

招的 400 多人都上去，还分配不过来。最后只得从油田职工的家属中，推荐出一部分有文化的青年家属边干边学，当地支援人员只派去一名经理和两名骨干，就开张营业了。

扩大服务网点这一举措无疑是十分正确的，它极大地方便了油田职工和家属们的生活，受到了广大群众的交口称赞。

后来，支援人员又根据实际情况，在家属村的供应点上，增加了炊事用具、生产工具和土产杂品等的供应，家属们说：“服务大院的同志们，真是想到我们的心里去了。”

为了进一步做好服务、供应工作，服务大院的同志还抓了某些商品，特别是副食品的就地加工、就地生产工作。

服务大院的同志首先建了一个屠宰厂，调配活猪、活羊、活禽来，自己加工屠宰，为油田供应鲜货。

随后，服务大院的同志又建了一个副食加工厂，自己加工糕点，就地供应，避免了再到大城市远路调运。

以后，服务大院的同志又陆续建设了酿造厂、冷藏厂、服装厂等，进一步方便了油田会战职工家属的生产生活。

服务大院的同志不仅建设各种加工厂，还搞自己的蔬菜基地。

原先油田的蔬菜供应，是靠从济南、青岛、烟台、淄博、潍坊等城市调来的。

当时的情况是，蔬菜虽是农产品，但广大农村却不生产，只有到城市调。

鲜菜远路运来，质量没有保证，成本也增加太大。尽管服务大院的同志执行了价格倒挂政策，亏损不小，但全省蔬菜价格只有东营最高。

因此，服务大院的同志下决心就近发展蔬菜生产，经上级批准，服务大院的同志在广饶和垦利两县培育发展蔬菜基地。

开始后，服务大院的同志安排了 5000 亩蔬菜生产基地，并去淄博市聘请了30名蔬菜生产技术员，很快就见了成效。

后经过大家的努力，东营的蔬菜生产基本上达到了自给。

在粮食等方面的支援上，油田所在政府也做了大量的工作。

当时，油田所在地方只有少数村庄，大部分村庄都很贫穷。当地农民也没有种蔬菜的习惯，连口粮也靠吃供应粮。供应油田的物资需从外地调运，这些都与各级政府领导的重视和各地人民的大力支援是分不开的。

山东省政府和地区专署，为了支援油田开发建设，逐步地在东营建立了服务组织体系，不断地配备得力的干部充实职工队伍。

从几十个人，发展到几千人，发展到几个局，10多个公司，100多个站、所、厂、点、商店等基层服务单位，形成了强有力的、广泛的供应和服务体系。

那时商品紧张，有不少的东西都是凭票凭证定量供应。省里对油田的态度是放宽供应，如工业产品烟、酒、糖、茶、自行车、手表、缝纫机等，副食品肉、禽、蛋、水产等，对城镇非农业人口这些东西都是凭证定量供应，但对石油职工基本上敞开供应。

粮食供应定量也很宽，在会战期间，没有发生过定量不够的现象。

各种商品的货源分配，东营综合商店和各地市一样，统一由山东省计划分配，但对东营综合商店特别照顾。当时尼龙袜子很紧张，为了满足石油工人对袜子的需求，山东省专门给石油工人调拨了很多袜子，仅几万人的油田却比几百万人的地区分配到的数量还大。

可以说胜利油田的勘探开发，特别是当年的勘探会战，地方各级人民政府是极为重视的，山东全省乃至全国人民都给予了大力支援。

胜利油田后来的辉煌，是油田职工和地方群众多年来团结、奋斗的成果！

三、 辉煌成就

● 李先念高兴地说："有这样好的油田，有这样高产的井，到处看到职工朝气蓬勃，真是了不起。"

● 朱德对谭启龙说："东营要栽点树，不光是路旁，要搞一点基地。植树要有选择，像杨树，十年八年就可以取材了。"

● 采油三队的副队长尹玉昌说："听说中央首长要来我队视察，高兴得我一夜未合眼。"

朱德高度评价油田

1964 年 6 月开始，会战指挥部集中 20 多个钻井队详探胜利村坨庄构造，力求迅速探明含油面积和储量。

当时正值雨季，这给勘探工作带来了很大困难。会战职工以“铁人”王进喜为榜样，冒着大雨，踩着泥水，靠人抬肩拉，把钻机部件搬进了井场，把器材送到了工地，这大大加快了勘探步伐。

很快，井一口一口地打出来，试油后，都获得了几十吨到几百吨的高产量。

地质专家都说胜坨构造好、油层好。

此时，石油部部长余秋里就想能不能打出一个日产千吨的井呢？当时，根据录井、地质资料，地质专家说坨 11 井有 80 多米厚的油层。

1965 年 1 月 25 日，春节前夕，传来了好消息：坨 11 井试油，通过 30 毫米油嘴放喷，24 小时出油 1134 吨，日产量果然超过了千吨!

听到喜讯后，余秋里等人非常高兴，还特地请翟光明等一些地质技术干部吃了一顿涮羊肉，庆贺了一番。

坨 11 井日产千吨，连续出油一个多月，大大振奋了人心。

到 1965 年 5 月，仅用了 11 个月时间，就基本探明了胜坨油田的含油面积和地质储量。

同时，还发现了河庄、郝家、广利、纯化、永安、滨南、尚店、八面河等 9 个油田。

从 1966 年起，在东营—辛镇和坨庄—胜利村一带发现的油田，正式命名为胜利油田。

1966 年初，中共中央政治局委员、国务院副总理李先念在山东省栗再温副省长的陪同下，视察了东营。

听了油田领导同志的汇报，看了油井、集油站和黄河河堤，李先念高兴地说："有这样好的油田，有这样高产的井，到处看到职工朝气蓬勃，真是了不起。"

1966 年 1 月，当全国人民满怀信心地开始执行第三个五年计划的时候，朱德在欢度八十大寿不久的日子里，率员深入山东大地视察工作。

朱德听说胜利油田的广大职工，在贫瘠荒僻的鲁北盐碱滩上，奋发图强，艰苦奋斗，开展夺油大会战，仅仅一年多时间，即获得了可喜成绩时，朱德非常高兴，并明确表示要去东营看一看。

于是，朱德不顾高龄和旅途辛劳，在中共山东省委第一书记谭启龙、华北石油勘探会战工委负责人焦力人和焦万海同志的陪同下，踏上了让胜利人永远难忘的视察胜利油田的行程。

1 月 12 日 8 时 50 分，朱德的专列从省会济南起程。陪同朱德视察胜利油田的其他领导同志还有：省委秘书长于明，省公安厅石、李两位副厅长，惠民地委王成旺书记和杨维屏副书记。

在火车上，朱德听取了焦力人、焦万海同志关于东营地区开展石油会战情况的汇报。

10时，专列到达辛店火车站，然后换乘汽车，12时来到了胜利油田会战中心，即新辟的东营基地。

当时的胜利油田，正处在艰难的初创阶段。会战激烈，物资供应紧张，各方面条件相当差，连个像样的招待所也没有。

军人出身的朱德，当然明白创业的艰难，对待生活条件问题，他处处廉朴自律，随遇而安。

在简陋的平房里用过午饭后，朱德就听取了焦力人、焦万海同志的工作汇报。

在汇报中，当说到设计院的知识分子同当地农民同吃同住同劳动时，朱德高兴地说："好得很！"

在一旁的谭启龙同志说："这里是老灾区啦。"

朱德则笑着说："老灾区才有油啊！"

当汇报到当地农民有参加石油勘探时，朱德说："亦工亦农好，半年或者一年一轮换好。"

当汇报到组织石油工人家属开荒种地时，朱德指示说："开垦荒地要一块一块地搞，全面铺开就不容易配套。"

谭启龙也接着说："农业的搞法是搞样板田，有了样板田就好办了。"

接着，朱德对谭启龙说："东营要栽点树，不光是路旁，要搞一点基地。植树要有选择，像杨树，十年八年就可以取材了。”

谭启龙连忙点头，表示同意朱德的观点。

14 时，朱德听取完会战指挥部领导的汇报后，不辞劳累，冒着隆冬的寒风，不顾泥路的颠簸，驱车在荒野碱滩上进行实地视察。

朱德首先视察了反映地下油层面貌的“地宫”，听取了石油部勘探司副总地质师翟光明同志的汇报，并先后观看了地质图件、模型和岩心、油田自己研制的跟踪射孔仪、长输管线刮蜡器等。

参观完“地宫”，朱德和山东省、地、会战工委的同志共 92 人一起在机关大院合影留念。

15 时，朱德又先后视察了营 10 井小井口装置、坨一集油站、胜坨三区 7 排 18 井取心，并兴致勃勃地观看了我国第一口千吨油井坨 11 井的放喷。

朱德在油田视察时，应油田领导的请求欣然同意命笔题词，因时间仓促，未即时而作，而是回到济南后才题就。

16 时 30 分，朱德结束视察，至辛店火车站乘专列返回济南。

为了给胜利油田写好题词，朱德回到济南南郊宾馆的住处后，先是依据视察所得拟就了文稿，随后又泼墨挥毫，一笔一画、端庄郑重地写到宣纸上，忙得整整一天未出屋。

没过几天，朱德的亲笔题词就送到了油田，题词名为《参观胜利油田》，全文如下：

学大庆，赶大庆，胜利必然归你们；

……

半工半读五千众，都是年轻力壮人。

五年勤学期读满，留作当地做主人。

家属来自四方地，百工居肆件件能。

去年利用黄河水，发展农业自更生。

新开水稻五百亩，亩产超过五百斤。

此处低凹荒碱地，过去草木曾不生。

石油大军大会战，方向正确计划真。

油业旺盛农亦好，四年创造告功成。

会战勋绩开天地，社会主义见雏形。

朱德的到来对会战工人是极大的鼓舞，当时视察过的单位，事后都认真组织了座谈讨论。

石油工人纷纷表示要以搞好石油勘探的实际行动来报答中央首长对石油工人的亲切关怀。

采油三队的副队长尹玉昌说：“听说中央首长要来我队视察，高兴得我一夜未合眼。我想，一定要记住首长几时几分来的，几时几分走的，都做了些什么指示。可是，等真的见到朱委员长，只顾得鼓掌了，什么都给忘了。”

坨15井采油工吴志成激动地说：“朱委员长是代表党中央和毛主席来看望我们石油工人的，我们一定要管好油井，多出油，快出油，以实际行动报答党和毛主席对我们的关怀!”

正像朱德预示的那样：“方向正确计划真”，“油业旺盛农亦好”，胜利油田后来很快发展成为我国第二大产油基地，成为工农商并举的崭新石油城市。

“会战勋绩开天地，社会主义见雏形”的题词，永远激励着一代又一代的胜利石油人。

胜利油田职工向中央汇报

1966 年，党中央国务院批准的胜利油田勘探开发大会战，已经进行了三年。

三年里，胜利各个战区各条战线捷报频传，成果喜人。

在当时，32104 钻井队担负着油基泥浆大直径长筒取心的任务。在上级领导的关怀和兄弟单位的大力支持下，经过全队同志的努力拼搏，32104 钻井队连续三次刷新了钻井取心的世界纪录，多次受到油田会战工委和石油工业部的通报表扬。

9 月初，为了向国庆节献礼，根据石油部的要求，胜利油田会战工委组织先进单位和先进个人的 17 名代表组成赴京报捷团，由油田政治部副主任白振洞带队赴京报捷。

在这 17 个代表中，有钻井指挥部的 32104 钻井队的指导员赵秋季、工人王次安和朱从安，3252 队的副指导员胡均涛，3211 队工人赵世昌，有钻井机关的赵正文，有井下作业队队长申友武，有采油工人许胜利，有电测工读学生张炳云，有油建指挥部的一名代表，有供应被服厂家属周秀艺，有济南柴油机厂两名代表，还有石油学院两名学生代表。

9 月 3 日，赴京报捷团从东营出发。

4 日，赴京报捷团抵达祖国首都北京，下榻在石油部招待所。

同时，大庆、四川等其他油田的代表也先后到达。各油田、各单位都带着丰硕的战果、英雄的事迹、先进的经验，准备相互学习交流，并准备向石油工业部和党中央、国务院汇报，向建国 17 周年献礼。

在大庆油田和四川油田汇报后，胜利油田的汇报开始了，朱从安代表胜利 32104 队汇报了战酷暑、讲科学、连续创造取心世界纪录的事迹。

过了几天，胜利和大庆、四川等单位的石油代表又在国家计委礼堂，向国家基本建设系统的部委办领导及机关干部 2000 多人做了汇报，汇报得到了与会领导和同志们的高度赞扬。

9 月 29 日 15 时 30 分，胜利和大庆、四川的代表一起来到人民大会堂北大厅，以无比激动的心情等待着中央领导的接见。

16 时整，周恩来和陶铸、李富春、李先念、谭震林、叶剑英等党和国家领导人，以及萧华、杨成武、王任重、刘志坚、余秋里、谷牧、康世恩等领导同志健步来到石油代表中间。

顿时，北大厅一下子欢腾起来了，掌声不断，大家欢呼：

共产党万岁！

毛主席万岁！

周恩来、陶铸等中央领导同站在前排的代表一一握手，并同代表们一起照了相。

接着，周恩来等党和国家领导人又同胜利油田32104钻井队的指导员赵秋季、大庆的“铁人”王进喜等11名代表专门进行了座谈。

最后，胜利、大庆等5个单位的代表向中央领导递交了给毛泽东、党中央报喜的捷报。

30日下午，胜利油田的32104钻井队指导员赵秋季和其他油田的11名代表，又被党中央领导请到中南海做客。

10月1日，让各单位报捷团终生难忘的时刻终于来到了。

赵秋季等11名同志登上了天安门，受到了毛泽东的亲切接见。

而其他的报捷团成员也被安排在观礼台西侧的第一台，并和全国其他先进集体代表一起参加了国庆检阅。

在检阅过程中，报捷团成员亲眼见到了毛泽东不停地向游行队伍招手，还专门向石油工人队伍招手致意。

当时报捷团成员都情不自禁地流下了眼泪，激动地高呼：“祖国万岁！中国共产党万岁！”嗓子喊哑了，手拍痛了，可他们仍然不停地挥臂高呼、用力鼓掌，以表达对毛泽东和党中央的无限忠诚，感谢党中央和毛泽东对石油战线的最大关怀、最大鼓励。

据参加了此次报捷团的朱从安后来回忆说：

> 在那时，作为一名最基层的工人代表，受到如此的厚爱，我们深感自己责任重大，感受到了新旧社会的天壤之别。能受到这样的礼遇，在旧社会我们连做梦也不会想到，这使我们无比自豪和骄傲。通过参加这次活动，我们亲眼看到、亲耳听到了全国各条战线上的英雄模范人物的好思想、好作风及大庆、四川等其他油田的先进经验和英雄事迹，仔细想一想，我们做得还很不够，与他们比还有差距，距人民的需要还很远。因此我们决心以“铁人”为榜样，用更快的速度把胜利石油搞上去。

正如朱从安所说，胜利油田的代表被请上天安门，参加国庆观礼，是党中央对胜利油田所取得成就的认同，也是对胜利油田以后发展的一个巨大鼓舞。

建成东辛输油管线

1965年1月，胜利油田打出了一口千吨井坨11井，此时，投入生产的油井已有98口，原油年产量达到83.86万吨，原油外输成了当时的一个突出问题。

为了适应原油生产日益增长的需要，解决原油外输问题，油田决定建设东营至辛店的输油管线，通过管道将胜利油田的原油输向辛店101油库，然后再装入火车运往外地。

东辛输油管线起始于东营102集油站，终止于胶济铁路线上的辛店101油库，全长80多公里，管线直径426毫米，设计年输油能力500万吨，是我国当时第一条大口径、长距离输油管道。

1965年6月1日，东辛输油管线工程破土动工，同年12月14日全线建成投产，前后苦战了7个多月时间。

如此大的工作量在如此短的时间内完成，自然离不开建设者的艰苦奋斗。

在抢建东辛输油管线之时，正是胜利油田开发初期，施工条件非常艰苦，遇到了许多困难。

同时，施工队伍比较新，基本力量是新来的合同工，每个班只有一至两名老工人。

技术装备水平也比较低，整个施工队伍只有从大庆带来的少量吊车、铲运机、拖拉机，发电机还是自己改装的。

在设备不足的情况下，东辛输油管线全部施工基本都是手工作业，如用砖头除锈，用大壶浇沥青，用人力缠玻璃布等。

东辛输油管线工程的器材供应也十分不足，预制能力极低，基本靠大庆供给。

会战职工所面临的生活困难就更多，没有房屋，不少职工睡在地窝和帐篷里，没有固定的生活点，也没有交通工具，每天上下班施工人员要来回步行十多公里。

但是，面对各种困难，广大职工毫不畏惧，发扬艰苦奋斗的精神，坚持“三老四严”和“四个一样”的过硬作风，努力奋斗，一丝不苟，出色地完成了施工任务。

因当时油田勘探开发形势的紧迫要求，这条管线必须在短期内建成投产，并且要求建成一段、投产一段、通油一段，以减轻原油外输的压力。

按照施工设计要求，整个工程分两期进行施工。

第一期工程的施工由东营102集油站至中间加热站，共计44.64公里。

1965年6月1日，第一期工程开工。

在这期工程施工中，指挥部集中了4个施工大队的人力、物力，采取集中优势兵力打歼灭战的办法，分段包干，快速抢建，在40多公里的施工现场上，展开了比质量、比速度、比风格、比干劲的劳动竞赛。

当时，施工队伍士气高涨、斗志昂扬，仅用两个月的时间就完成了管口焊接3977道、河流穿越3条、架空穿越11条、阀池安装12座、150万大卡加热炉安装3座、挖填土方24.235万立方米的工作量。

7月31日，一期工程完工，并于8月8日正式投产通油。

一期工程的建成投产，使汽车运输原油的距离，缩短了44.64公里。

第二期工程由中间加热站至辛店101油库，共计35.36公里。

由于当时的油田产能建设和油气集输工程等地面建设工程也急需施工，因此，在第一期工程完工后，参加施工的一大队、二大队、四大队承担了新的施工任务。

因此，二期工程的施工任务就由三大队独立承担。

在施工中，三大队采取压缩施工战线、减少预制点、合理组织施工的方法，将工程分为3段，干完一段，投产一段，做到干净利索、不留尾巴、保质保量。

从1965年8月1日开工后4个月时间，三大队就焊接管口3150道，架空穿越16处，涵管穿越84处；安装200万大卡加热炉6座，阀组1座，挖填土方23.7857万立方米，阀件966个。

在当时，抢建东辛输油管线时间紧，任务重，标准高，要求严，施工的环境也相当艰苦。

参加施工的职工们却很乐观地说：

苦不苦，比比长征二万五；
累不累，比比革命老前辈！

他们一天三顿饭吃在工地，刮风下雨拼在工地，每天工作十五六个小时，没有一句怨言。

夏天，职工们冒着酷暑坚持施工，钻进像锅炉一样热的管内作业，管内毛刺刮破了衣服，磨破了皮肉，外面的榔头砸起管子来，震得人头昏脑涨，但是没有一个人退缩。

管线穿越有时没有吊车，几吨重的涵管就全靠工人用绳索拉运。

夜间施工，工人们一丝不苟地用手电筒照着对管口。

管线防腐是一项繁重而艰巨的施工任务。三大队女工排长宗兰英带领 18 名姐妹，巾帼不让须眉，主动承担了这一任务，并自觉地按高标准、严要求进行施工。

管线防腐施工要求是管壁上有露水不能施工，宗兰英就拿出自己新买的衬衣去擦管壁。

在宗兰英的带动下，18 名女工不甘落后，有的拿出自己没穿过的衣服，有的用身上的衣服，把管子上的露水擦得干干净净。

夏天气温高达 40 摄氏度，熬好的沥青温度达 70 摄氏度，就是在这样的环境下，女工们还要穿一身劳保工服，烈日晒、沥青熏，人人脸上都脱了一层皮。

人工缠玻璃布是一项又苦又累的工作，她们却总是保质保量地干，白天没干完，晚上再加班加点地干。

一天下来十五六个小时，累得腰酸背疼，腿也抬不起来，但是，没有一个人叫苦叫累。第二天天不亮她们又爬起来赶往工地。

有的女工身体不适也不请假，得了病互相瞒着，没有一人甘心落后。

当时工地上连厕所都没有，这对于大姑娘来说，是最难为情的事。

于是，她们不敢喝水，天天忍着口渴施工，一天下来，姑娘们个个嘴唇干裂。

姑娘们遇到难处、苦处也曾哭过鼻子，可是一干起工作来就什么事都忘了。

有时刮起大风，下起大雨，女工们宁肯自己挨雨淋，也要把雨衣盖在管子上，防止淋湿刚刷的底漆，有的干脆用身体为管线挡雨。

姑娘们的努力终于结出了硕果，经检验，管线防腐质量达到了高水平。

国家作协的一名女作家根据宗兰英和女工排的先进事迹，曾于1965年编写了一出五场大型话剧，女工排的感人事迹也因此一直被广为传颂。

在施工中，穿越位于广饶县花官乡境内的小清河，是抢建东辛输油管线的一项关键工程。

当时，小清河河面宽150多米，水流急，又由于是在河底穿越，施工难度相当大。

三大队职工在一无设备，二无经验，三无先例，工期又紧的情况下，发扬大庆会战“有条件上，没有条件创造条件也要上”的拼搏精神，充分发挥群体的智慧和力量，连续奋战了 18 个昼夜，使管线按期穿过了小清河，为早日建成东辛输油管线赢得了时间。

东辛输油管线是在艰苦的年代、艰苦的环境、艰苦的条件下展开施工的。

参加施工的广大职工以苦为荣，以苦为乐，艰苦奋斗，无私奉献。

尤其是刚从鲁北山区农村招收来的合同工，自觉地学习老工人的好思想、好作风。合同工马明池和陈东河提出了“合同有期限，干石油事业无期限”的口号，全身心地投入到管线施工中。

参加施工的广大职工，还继承和发扬解放军的光荣传统和优良作风。在施工行动中，敢于打大仗，打硬仗，打恶仗，打胜仗，优质快速地建成了东辛输油管线，使整个工程达到了线线、点点、项项工程质量全优，实现了工程单体试压、单体试运、整体试运、刮蜡器通过、完工投产五个一次成功，谱写了一曲动人的英雄乐章！

输油管线成功穿越黄河

1967年开始，胜利油田进入了全面开发、持续发展的阶段。

1968年至1970年，胜利油田先后开发建设了东辛、永安、郝家、滨南、尚店5个油田，逐步形成了我国又一个重要的石油工业基地。这个时期开发的滨南油田已形成年产30万吨原油的规模。

然而，在当时，北油南输被天堑黄河无情地阻断。尽快进行管线穿越黄河的施工，把黄河两岸的管线连接起来，畅通一条输油动脉，就成为油田地面建设中的一项非常急迫的工程。

1968年，胜利油田确定进行穿越黄河施工，建设滨纯管线。

同年，油建指挥部接受了施工任务，由油建三大队二中队具体施工，设计室负责提供设计方案。

在当时，穿越黄河铺设输油管道，在胜利油田建设史上尚属首次，在中国石油建设史上穿越大型河流也无先例，无经验可循。

油建指挥部的领导和设计室工程技术人员，非常清楚，只有了解黄河，认识黄河，才能提出可行的施工方案。

为此，他们多次亲临现场勘察，先后提出了三套施工方案：

一是“铁塔悬索架空跨越”方案。因实施这套方案工程浩大，成本高，器材缺乏，此方案被否定。

二是“河床铺设”方案。因考虑到黄河是地上河，河床多变，河底淤沙深度达 4 米，管线铺设后遇有汛期，势必被洪水冲垮。此方案也被搁置。

设计人员在重新分析、论证的基础上，最后提出了运用“顶管法”穿越黄河。

这种方法就是在黄河岸边，在一个低于河底一定标高的操作坑中，用动力源将预制套管的输油管线顶入设计土深度，然后从黄河底下较深的地层穿过。

该方案在当时也属尝试，但依据条件比较切合实际，经慎重研究，最后各方同意确定实施此方案。

1969 年 6 月，在六干河进行了穿越试验。此项试验的目的有两个：一是测试动力源的顶推力，二是观察管线在土层中推进的情况。

在进行穿越试验的同时，黄河穿越前期的准备工作也在紧张进行。主要开展了以下几项工作：选址、挖操作坑、在黄河岸边砌挡土墙、安装动力设备等。

1969 年 8 月，穿越黄河的前期工作准备就绪，具备了施工条件。

油建指挥部组建了以李尚林指挥为首的前线施工领导小组，参与施工的技术人员有刘德润、张长安，技术工人有郭林、黄仁智、刘碧轩、杨玉霖、吴文林、刘振远、常云山等一批技术过硬、施工经验丰富的工人师傅。

施工队伍以三大队二中队为骨干，设计室人员配合。

这次黄河穿越工程施工历时11个月，先后经历了11次失败和挫折。但全体干部职工面对失败毫不气馁，失败一次，总结一次，改进一次，以坚韧不拔的精神，终于在1970年7月1日穿越成功。

第一次穿越失败是在刚刚施工不久，管线在挡土墙内拱起，经过分析原因是管线受力点不合理。

经改进管线固定点的间距，使受力点和固定点达到稳定，避免了这一现象再次发生。

然而第二次失败是在穿越了150米以后，管线受阻，顶不动了，施工人员都很着急。

经采取加力的措施又向前推进了20米，但随后无论怎么加力管线也不前进。这说明遇到了新问题，但管线在河床的下面，具体情况不明。

最后，前线领导小组研究决定请北海舰队的潜水员下水摸清情况。

请来的潜水员下水后，摸到了拱出河床的管线。

面对这一情况，只能采取往回拖的措施，查清管线受阻的真实原因。

按照技术要求，往回拖管线必须留20多米管线于河床。但在拖管时，却把管线全部拖了出来，结果河水随着管线涌进了操作坑，由于抢堵及时，没有酿成严重后果。

但是，后来抢运顶管器材、排水、降水、清理操作坑，又花费了一个多月的时间。

同年 10 月，施工人员又进行了第三次穿越，管线顶到 270 米时，又发现受力下降。

这一次采用了压风机、送风看水花的办法，发现管线又拱出河床，无奈又将管线拖回。

经过认真分析，结论是套管的刚性不够，在较致密的轻亚黏土中穿越时，管线不能吃力，造成了上抬拱弯的事故。

于是，施工人员就采用增加套管的办法，把原来的直径 219 毫米套管变为导管，再套了一层直径 325 毫米的管线，增加了刚性，增强了顶力。

第四次穿越开始比较顺利，当管穿到 303 米时，因为河床土壤比较疏松，管线弯曲，顶出了水面。

为切实解决管线上抬的问题，技术人员精心研究，提出继续增加套管，采用犁铧尖技术。同时，又增加了直径 426 毫米的套管，增强刚性防止管线顶弯，管头改变成 45 度锋尖管头，使管端在穿越中逐渐下倾，可防止管线上抬。

为了能准确判断管线在河床下的走向和深度，施工人员还成功试制了能测深 15 米的地下管线仪，以便掌握管线在河床中的推进情况。

工程施工到 12 月份，天气严寒，套管内水结冰，施工困难很大，被迫停止施工。

在暂停施工期间，施工人员安装了锅炉，日夜不停地送热气化解管内冰冻。

1970 年 3 月，在进行第五次穿越的时候，对前几次采用的“水力冲刷顶管法”作了合理改进。

过去使用清水冲刷，容易造成管壁外土质疏松，使管道四周的土壤垂直压力和侧压力加重，增加拖动摩擦阻力。

采用“湿顶法”，即用钻井泥浆代替清水，并加大排量，控制适当的黏度和回压后，在管道的外径和地层之间形成了一个“井筒式”，这样既降低了土壤对管道的垂直压力和侧压力，使摩擦阻力大大减小，也不易造成垮塌。

另外，使用“湿顶法”的顶力比“干顶法”的顶力也小得多。

1970 年 6 月中旬，管线穿越累计达 12 次，穿越河床 320 多米后，又遇到了障碍。

这次是遇到了新情况，中国北方到了雨季，如果上游伏汛下泻，洪水猛增，将会给穿越施工带来意想不到的困难。

同时，管线已穿越黄河 320 多米，剩余的 150 米管线如果再继续用顶管的方法推进，还需费些时间，将影响到原油生产。

因为此时滨南油田的地面配套设施已全面竣工，急等这条管线投产。

根据剩余管线处在水深 1.2 米的河滩中进行施工的实际情况，前线领导小组决定采取围堰抽水焊接管线的办法，尽快完成施工任务。

围堰抽水的办法虽然可行，但毕竟是第一次搞，在围堰使用什么材料上遇到了麻烦。

最初的设想是打桩用钢板硬性材料围堰，但经与当地有经验的河工商讨后，此种办法不可行。原因是钢板等硬性材料对水的阻力大，相对水流对钢板的冲击力也大，大面积围堰强夺河道，有可能会造成不堪设想的后果。

根据河工的建议，用软材料围堰比较可行。软材料围堰就是用秸秆、荆条打捆连接，用木桩固定后，再投些石头。这样做既可挡水，又能抓住泥，使围堰与河底结合。

使用软材料围堰，必须在短时间内筹集到 50 万公斤荆条和 50 万公斤秸秆。这对施工人员来说，也是一个不小的困难。

听到石油战线上的困难后，当地政府和群众给予了大力支持。当时，很多农民为了帮助解决管线施工所需要的软材料问题，都把自己留下仅有的一点作为柴火的秸秆贡献了出来。

就这样，三天之内，当地农民用小推车、地排车把工地所需的 100 万公斤软材料全部送到了工地。

同时，当地政府又调集了 5000 名精壮劳力，连续奋战 15 个昼夜，进行了围堰施工，建起了围堰。

6 月 30 日上半夜，施工人员在管线末端下挖 4 米找到管头，并发扬连续作战的会战精神，使管线碰头焊接成功。

后半夜，河流量每秒由 300 立方米猛增到 800 立方米，但此时管线已经穿越黄河，实现了全线贯通，向党的生日献了一份厚礼！

滨纯输油管线的建成，使输油管线首次穿越黄河，完成了北油南调的咽喉工程，在中国石油工业发展史上谱写了输油管线首次穿越大型河流的新篇章。

更为重要的是，输油管线穿越黄河的完成，成功解决了胜利油田的原油外输问题，为胜利油田的顺利扩大提供了重要保障。

从此，胜利油田的石油源源不断地输往全国各地，极大地支援了全国的经济建设。

胜利油田在党的领导下，顺利地走上了快速发展之路，从一个胜利走向另一个胜利！

本书主要参考资料

《国史全鉴》本书编委会编 团结出版社

《共和国经济风云》赵士刚主编 经济管理出版社

《中国现代史资料选辑》彭明主编 中国人民大学出版社

《共和国开国岁月》张国星 何明著 中共党史出版社

《风云七十年》郭德宏主编 解放军文艺出版社

《胜利油田的崛起》山东省政协文史委等编 中国文史出版社

《从胜利走向胜利》中国经济时报社等编写 中国发展出版社

《石油摇篮》本书编委会编 甘肃人民出版社

《老兵的脚步》张文彬主编 石油工业出版社

《王进喜——中外名人故事丛书》 刘深著 中国和平出版社

《大庆人的故事》大庆油田工人写作组编 上海人民出版社

《中国石油地质志》翟光明主编 石油工业出版社

《孤东会战 100 个日日夜夜》胜利油田党委宣传部编 内部宣传资料